냉면꾼은
늘 주방 앞에
앉는다

냉면꾼은 늘 주방 앞에 앉는다

1판 1쇄 인쇄 2021년 4월 1일
1판 1쇄 발행 2021년 4월 10일

지은이 고두현

발행처 문학의숲
발행인 이은주

신고번호 제2005-000308호
신고일자 2005년 10월 14일

주소 (04029) 서울특별시 마포구 양화로 7길 84 영화빌딩 4층
전화 02-325-5676
팩스 02-333-5980

값은 표지에 있습니다.
ISBN 978-11-87904-33-5 03810

산책자를 위한 인문 에세이

냉면꾼은 늘 주방 앞에 앉는다

고두현 지음

문학의숲

들어가는 글

그리운 것은 내 곁에 있다

근심에 가득 차, 가던 길 멈춰 서서
잠시 주위를 바라볼 틈도 없다면 얼마나 슬픈 인생일까?

나무 아래 서 있는 양이나 젖소처럼
한가로이 오랫동안 바라볼 틈도 없다면

숲을 지날 때 다람쥐가 풀숲에
개암 감추는 것을 바라볼 틈도 없다면

햇빛 눈부신 한낮, 밤하늘처럼
별들 반짝이는 강물을 바라볼 틈도 없다면

아름다운 여인의 눈길과 발
또 그 발이 춤추는 맵시 바라볼 틈도 없다면

눈가에서 시작한 그녀의 미소가

입술로 번지는 것을 기다릴 틈도 없다면

그런 인생은 불쌍한 인생, 근심으로 가득 차
가던 길 멈춰 서서 잠시 주위를 바라볼 틈도 없다면.

_윌리엄 헨리 데이비스 시 '가던 길 멈춰 서서'

세상이 내 마음 같지 않을 때, 걸음을 멈추고 하늘을 본다. 이마에 닿는 햇살의 감촉이 얇은 옥양목 깃처럼 상쾌하다. 구름 조각은 하늘색 탁자 위에 핀 목련꽃 같다. 그 사이로 미풍이 불어오면 마음이 금세 환해진다.

이런 날엔 영국 시인 윌리엄 헨리 데이비스처럼 '다람쥐가 풀숲에/개암 감추는 것'도 볼 수 있다. 걸음을 멈추고 주위를 둘러보면 보이지 않던 것들이 보인다. 들리지 않던 소리도 들린다.

시간이 없다고 하지만 '나무 아래 서 있는 양이나 젖소처럼/한가로이 오랫동안 바라볼 틈'만 있어도 충분하다. '별들 반짝이는 강물'

소리까지 들을 수 있다면 더욱 좋다.

그 여유가 아름다운 여인의 눈과 발, 춤추는 맵시, 입술에 번지는 미소를 발견하게 해준다. 뾰족한 직선의 세상을 둥글게 보듬는 곡선의 의미도 이런 길 위에서 만날 수 있다.

산책(散策)은 한가롭게 거닐며 이리저리 둘러본다는 말 아닌가. 산(散)은 '흩을 산' '한가로울 산'과 함께 '나누어주다'라는 뜻을 갖고 있다. 책(策)은 '꾀 책' '서적 책' 외에 '헤아리다' '(지팡이를) 짚다'는 의미를 포함하고 있다. 걸음 보(步)에도 '나루터'와 '헤아리다'는 의미가 담겨 있다. 그러니 천천히 걸으며 생각을 헤아리고 이를 누군가와 나누는 게 곧 산책이다.

문장으로 치면 산문(散文)과 같다. 형식의 제약이 없고, 시간에 얽매이지 않으며, 걸음걸이도 자기 마음대로다. 아무런 목적 없이 길을 나서면 시간이 천천히 흐르기 시작한다. 그래서 산책은 시간의 틈새를 걷는 일이기도 하다. 느린 여행의 즐거움이 그곳에 있다. 집 주변의 골목길이나 강변, 부드러운 언덕길이 모두 시간의 틈새로 스며든다.

어느 날은 김승옥 소설 '무진기행'에 나오는 순천만 갈대밭을 만나고, 평창의 메밀밭 속에서 '흐뭇한 달빛에 숨이 막힐 지경'의 밤 풍경 속으로 들어간다. '갈 봄 여름 없이' 꽃이 피는 남산길은 또 어떤가.

그 속에서 음유시인 조르주 무스타키를 만난 날의 추억을 떠올리고, 그리운 이의 안부를 묻기도 한다.

산책은 대지의 몸에 미세한 손금을 내는 것과 같다. 대지의 손금이 곧 길이다. 길의 옛말 '긿'은 사람의 걸음에서 유래했다. 원시인들이 가장 많이 오간 길은 굴(穴)에서 골짜기(谷)의 개울물을 마시러 다닌 통로였을 것이다. 길은 대지의 손금을 샘물로 적시는 생명선이다. 길을 따라 흐르는 시냇물과 강물 소리는 우리에게 한없는 평화와 자유를 준다. 물소리가 최상의 자장가인 것도 이런 이치다.

산책의 또 다른 이름은 성찰이다. 아리스토텔레스는 걸어 다니면서 생각하기를 좋아했다. 그가 나무 사이를 소요(逍遙·자유롭게 슬슬

거닐며 돌아다님)하며 제자들을 가르쳤다는 데서 소요학파라는 말도 나왔다.

프랑스 철학자 가스통 바슐라르의 상상력 역시 산책길의 몽상에서 싹텄다. '상상력의 철학자'로 불리는 그는 자연에서 발견한 상상력의 원천을 물·불·공기·흙의 '4원소설'로 요약했다. 물은 샘을 솟아오르게 하고 싹을 틔우는 질료, 모성과 순수, 정화를 상징하는 질료다. 불은 빛과 시간을 출렁이게 하며 상상의 불꽃을 피우는 매개체다. 공기는 바람과 구름, 새의 비상과 역동을 의미하며 흙은 대지와 휴식을 제공하는 정신의 토양이다.

이들 요소는 모두 길 위의 풍경과 사물, 사람, 취향, 맛을 한 데 아우르는 산책의 시공간에서 다시 태어난다. 그 경계에 잠시 멈춰 서 눈과 귀를 여는 순간, 새로운 것들이 말을 걸어오고 잃어버린 것들이 새삼 빛난다. 통념에 갇혀 있던 일상으로부터 새 길이 열리기도 한다.

여기 실린 글은 바슐라르의 물·불·공기·흙을 거꾸로 하나씩 되짚어가는 방식으로 엮었다. 1부 '길에서 만난, 반짝이는 생의 순간'은

흙, 2부 '음유시인 조르주 무스타키를 만난 날'은 공기, 3부 '우리가 사랑한 LP판과 턴테이블'은 불, 4부 '혼자 여행할 땐 새우를 먹지 말라'는 물의 은유다.

주제에 맞춰 새로 쓴 글도 있지만 한국경제신문의 '천자 칼럼'에 쓴 원고를 다듬고 내용을 추가한 게 더 많다. '천자 칼럼'은 창간(1964) 때부터 화제를 모은 최장수 고정 연재물이다. 글을 쓰고 산책을 즐기는 동안 내가 만났던 풍경과 사물, 나의 거울이 되어줬던 인물들, 그들과 나눈 내면의 교감 덕분에 나도 한 뼘쯤 더 성장한 것 같다.

돌아보니 그리운 것은 다 내 곁에 있다. 다시 홀가분한 마음으로 산책에 나서야겠다. 벌써 청보리 사이를 거니는 답청(踏青)의 계절이 왔다.

차례

들어가는 글 그리운 것은 내 곁에 있다 • 4

chapter 1

길에서 만난, 반짝이는 생의 순간

메밀꽃 피는 봉평에서 그대와 • 16 | '무진기행' 따라 순천만 안개나루로 • 18
억새는 달빛보다 희고…… • 20 | 남산, 갈 봄 여름 없이 꽃이 피네 • 22
해질녘 소래포구의 물결 • 24 | 강화도, 그 섬에 가고 싶다 • 26
나? 경복궁이야 • 28 | 근정전에 숨겨진 비밀 세 가지 • 30
덕수궁 돌담길의 러브 스토리 • 32 | '덜덜골목' 정동의 밤 • 34
한양도성 따라 걷기 • 36 | 여행엽서 같은 마포8경 • 38
복숭아꽃밭 도화동(桃花洞)의 봄 • 40
약초가게가 많았던 약현(藥峴) • 42 | 사연 많은 경의선 • 45
염천교 수제화거리 • 48 | 국내 첫 고가차도 아현고가도로 • 50
1900년에 생긴 서대문역 • 52 | 홍대 경의선 책거리와 윤동주 • 54
'펄떡펄떡' 노량진수산시장 • 56 | 고교야구 명소 동대문운동장 • 58
최초의 돔 실내체육관 장충체육관 • 60 | 아, 영도다리 • 62
해운대 달맞이길에 황금빛 노을이 지면 • 64 | 꽃송이 섬 오륙도 • 66
대구 김광석거리에서 나도 기타를 • 68
서문시장 국수골목이 유명한 이유 • 70 | 제주 3무(無)? • 72

chapter 2

음유시인 조르주 무스타키를 만난 날

"한국 관객 환호 평생 못 잊어" • 76 | '가요계 혁명가' 이영훈 • 79
"조용필은 갈수록 노래를 잘해!" • 82 | 첨밀밀, 인연이 있다면 • 84
동갑내기 손기정과 남승룡 • 86 | 경주역에서 처음 만난 목월과 지훈 • 88
"길이 없으면 만들며 간다" 교보 창립자 신용호 • 90
염상섭 옆자리 비워둔 이유 • 93
교토에서 만난 정지용 · 윤동주 · 바쇼…… • 96
시인 정지용의 휘문고 시절 • 99 | 육첩방에서 쓴 동주 최후의 시 • 102
민음사에서 '문청' 꿈 이룬 박맹호 • 105 | 안중근 어머니 조마리아 • 108
서소문공원에서 순교자 정약종과 • 110
결혼 60주년에 떠난 정약용 • 112 | 다산이 영암군수에게 준 7계명 • 114
60세까지 무명이었던 표암 강세황 • 116 | 독학 건축가 안도 다다오 • 118
400여 년 전 셰익스피어와 세르반테스 • 120
수녀원으로 간 세르반테스 • 122
제인 오스틴의 첫사랑……'오만과 편견' • 124
도스토옙스키와 나쓰메 소세키 • 126
작가 샤토브리앙과 안심요리 • 128 | CEO 잡스와 시인 블레이크 • 130
윈스턴 처칠과 마크 트웨인이 서울에? • 133
기네스북에 올랐던 117세 '만년 소녀' • 136
나이팅게일이 '백의'의 천사였다고? • 138

chapter 3

우리가 사랑한 LP판과 턴테이블

LP판의 화려한 부활 • 142 | 일용 엄니를 놀라게 한 삐삐 • 145
하루 15만 개 팔리는 삼립빵 • 148 | 타자기의 재발견 • 150
왜 '빨간 마후라'일까 • 152 | 헌책방, 느리게 흐르는 시간 • 154
탑골공원의 '한류 스타' 백탑파 • 157
봄밤의 하모니카 • 160
새우깡에 든 새우는 몇 마리? • 162
그 많던 전당포는 다 어디로 갔을까 • 164 | 전봇대의 퇴장 • 166
보신각종 33번 치는 까닭 • 168
육의전에서 광장시장까지 • 170
신(新)십장생과 장수 비결 • 172
사초(史草)는 세검정에서 빨고 • 174
천자문엔 봄 춘(春)자가 없다 • 176 | 아! 구로공단 • 178
그 시절 국제시장 사람들 • 180 | '장사의 신' 객주 • 182
눈물 젖은 '달러 박스', 원양어업 • 185
커닝에 대리응시까지…… 과거시험 풍경 • 188
우린 왜 인쇄혁명이 없었나 • 190
미학의 역사를 바꾼 사진 • 192
송편이 반달 모양인 까닭 • 194
저 달빛엔 꽃가지도 휘이겠구나! • 196

chapter 4

혼자 여행할 땐 새우를 먹지 말라

밥뚜껑 위의 '공손한 손' • 200 | 다섯 가지 맛 도다리쑥국 • 202
"홀로 여행할 땐 새우를 먹지 말라" • 204
가을고등어는 며느리도 안 준다 • 207
새의 부리 닮은 새조개와 '조개의 여왕' 대합 • 210
벌교 앞바다의 꼬막 삼총사 • 212 | 굴 따는 어부 딸의 얼굴은 하얗다 • 214
'꼼장어구이'에 산성막걸리 한잔 • 216
홍어와 가오리는 어떻게 다른가 • 218
임진강에 황복이 올라올 때 • 220 | 여름 민어는 피부에도 좋다 • 222
고단백 저지방 참치 • 224 | 메밀면은 목젓으로 끓어야 제맛 • 226
대나무 닮은 대게와 '붉은 보석' 홍게 • 228
봄꽃게는 알, 가을꽃게는 살 • 230 | '밥도둑' 대명사 간장게장 • 232
'면역 비타민' 병어 • 234 | 마포나루의 새우젓 부자들 • 236
겨울 진미 방어는 클수록 좋다 • 238 | 주꾸미와 과메기와 숭어 • 240
입춘 별미 • 242 | 오곡도시락의 원조 • 244
겨울 맛 여행 1-추울수록 뜨거워지는 동해안의 속맛 • 246
겨울 맛 여행 2-통영 · 거제 생굴과 대구탕 • 248
겨울 맛 여행 3-벌교 앞바다 진미의 향연 • 250
겨울 맛 여행 4-서해안 간재미와 참매자조림 • 252
겨울 맛 여행 5-마산 아구찜과 남해 물메기탕 • 254

chapter 1

길에서 만난, 반짝이는 생의 순간

메밀꽃 피는 봉평에서 그대와

'산허리는 온통 메밀밭이어서 피기 시작한 꽃이 소금을 뿌린 듯이 흐붓한 달빛에 숨이 막힐 지경이다.'

이효석이 단편 '메밀꽃 필 무렵'에서 강원도 평창의 봉평~대화 70리 밤길을 묘사한 이 문장은 소설이라기보다 시에 가깝다. 한국문학 사상 가장 아름다운 밤길 묘사로 꼽히는 이 구절에 힘입어 해마다 9월이면 전국에서 메밀밭을 찾는 인파가 몰린다.

늙은 장돌뱅이 허 생원이 20여 년 전 정을 나누고 헤어진 처녀를 잊지 못해 이곳을 찾고, 마침내 밤길에 동행한 젊은 동이를 친자로 확인하는 애틋한 사연의 현장. 봉평장터에서 이효석문학관 쪽으로 가다보면 허생원이 처녀와 사랑을 나누던 물레방앗간이 나온다. 개울물에 빠진 허생원을 동이가 업고 건너며 혈육의 정을 느끼던 흥정천도 인근에 흐른다. 장터 부근에서는 한 끼 식사로도 거뜬한 메밀국수부터 무 배추 고기를 넣은 메밀전병, 메밀부침, 메밀묵까지 다양한 요리를 즐길 수 있다. 여러 기업들의 협력 덕분에 시장 매출이 늘고 새 점포도 많이 생겼다.

이런 모습을 생전의 이효석이 봤다면 어땠을까. 그의 생애 역시 소설처럼 드라마틱했다. 1907년 봉평에서 태어난 그는 경성제대(서울대) 영문과에 다니던 21세 때 '도시와 유령'이라는 단편을 발표하며 본격적인 소설가의 길로 들어섰다. 젊은 시절 그는 너무나 궁핍해서 자신을 '가난뱅이 작가'라고 불렀다. 결혼해서도 가난에 허덕였다. 우여곡절 끝에 총독부에 자리를 얻었으나 그만두고 말았다. 처가가 있는 함경도에서 교사로 일하며 점차 안정을 찾은 뒤에야 작품에 매진했다. 이때부터 평양 숭실전문 교수로 옮긴 뒤로 '메밀꽃 필 무렵' 등 대표작들을 집중적으로 쏟아냈다.

33세 때 아내와 둘째아들을 잃고 좌절해 만주땅을 헤매다 건강을 잃은 그는 2년 뒤 뇌척수막염으로 쓰러져 35세에 요절했다. 사후에도 부평초처럼 이리저리 떠밀려 다녀야 했다. 진부면 모친 묘소에 합장됐던 그의 유해는 영동고속도로 건설 때 용평면으로 이장됐다가 확장공사 때 아버지 고향인 함경도 실향민들의 동화경모공원(파주)으로 옮겨졌다.

그때 발을 동동 구르던 봉평 주민들의 숙원과 유족의 뜻에 따라 봉평에 다시 안장키로 하는 결정이 내려졌다니 늦게나마 마음이 놓인다. 그의 무덤 위로 흐붓한 달빛과 소금을 뿌린 듯한 메밀꽃이 흐드러진 모습을 곧 볼 수 있겠다.

처녀와 사랑을 나누던 물레방앗간은 지금……

'무진기행' 따라 순천만 안개나루로

겨울날, 꼬막 맛이 당길 때면 인사동으로 가곤 했다. 화랑골목 지하의 허름한 술집. 탱탱한 참꼬막 안주에 막걸리 몇 사발을 걸치면 온 세상이 불콰해졌다. 참꼬막이 없을 땐 새꼬막이나 서대찜도 좋았다. 주로 문인과 영화인이 많았지만, 키 낮은 2층 탁자엔 젊은 연인들도 섞여 있었다.

술집 이름은 여자만(汝自灣). 여자도를 품고 있는 여수 앞바다 이름에서 따왔다고 했다. 주인은 '영화로는 쪽박 차고 식당으로 대박 난' 이미례 감독이다. 여자만은 순천만의 옛 이름이라고 하지만 엄밀히 말하면 순천만을 끼고 있는 내해의 다른 이름이다.

순천만은 겨울에서 초봄 사이의 참꼬막과 여름철의 짱뚱어 맛으로 소문난 곳이다. 이른 아침의 안개와 석양 무렵의 갈대밭도 장관을 이룬다. 특히나 문학청년들에겐 김승옥 소설 '무진기행'의 답사 코스로 유명한 감성 순례지다.

'무진'은 지도에 없는 상상의 공간이다. 작가는 '순천만의 대대포 앞바다와 그 갯벌이 무대'라고 훗날 얘기했다. 그가 이곳에서 중고등학교를 다녔으니 더욱 그럴 법하다. 서울에서 머리를 식히러 내려온 주인공이 음악교사 하인숙과 함께 '바다로 뻗은 긴 방죽길'을 지나 둘만의 밀실로 가는 장면도 현실 속 그대로다.

'버스가 산모퉁이를 돌아갈 때 나는 무진 10㎞라는 이정비를 보았다'로 시작하는 이 작품에서 그는 '무진(霧津)에 명산물이 없는 게 아니다. 나는 그것이 무엇인지 알고 있다'고 썼다.

'그것은 안개다. 아침에 잠자리에서 일어나 문 밖으로 나오면, 밤사이에 진주해온 적군들처럼 안개가 무진을 뻥 둘러싸고 있는 것이다. 그 순간, 무진을 둘러싸고 있던 산들도 안개에 가려 보이지 않는 먼 곳으로 유배를 떠나고 없다.'

스물세 살 젊은 작가가 이 오리무중의 안개나루에서 찾아 헤맨 것은 무엇이었을까. 돌아갈 고향은 어디에도 없다는 슬픔과 그 때문에 더 부끄러운 뒷모습만 남기고 결국 그는 세속도시로 회귀하지만, 그래도 우리에게 무진은 무언가 실패한 뒤 찾아가는 모항이자 새롭게 시작할 때 찾는 출항지다.

무진의 안개는 여전히 몽환적이고 바람결에 사운대는 갈대순은 푸르다. "내 생애 중 가장 슬플 때 썼다"던 그의 회고를 딛고 이제는 슬픔의 뿌리에서 새싹이 돋아나는 계절. 이곳에서 국제적인 정원박람회가 열린 뒤 해마다 순천만국가정원을 찾는 발길이 이어지고 있다.

화사한 꽃향기가 대대포 갯벌과 여자도의 허리를 은밀하게 휘감는 모습을 보면서 사람들은 어떤 표정을 지을까. 지도에 없는 안개나루의 자욱한 봄날, 데친 꼬막처럼 눅진하게 닿아오는 인생의 맛.

억새는 달빛보다 희고……

'억새는 달빛보다 희고, 이름이 주는 느낌보다 수척하고, 하얀 망아지의 혼 같다'고 최승호 시인은 썼다. '무형의 놀이터'처럼 바람이 불다 간 자리에 은빛으로 서 있는 모습이 딱 그랬을 것이다. '그리움도 한데 모이면 억세지는 것일까'라고 덧붙인 이유 또한 알 것 같다.

가을 억새는 10~11월에 절정을 이룬다. 남향하는 단풍이 보름 남짓 화려함을 뽐낸다면 북향하는 억새는 두 달 이상 무채색의 향연을 펼친다. 강원도 정선 민둥산이나 영남알프스의 밀양 사자평을 덮은 억새 빛깔은 유난히 곱다. 가을 햇살과 구름, 바람이 모여 만든 은회색 춤사위다. 포천 명성산과 창녕 화왕산, 장흥 천관산도 억새 명소다. 요즘은 청주 무심천과 제주도 산굼부리, 성이시돌목장, 서울 상암동 하늘공원, 여의도 샛강생태공원까지 인산인해다.

억새라는 이름은 '억센 풀'에서 왔다고 한다. 9월에 꽃이 피고 곧 씨앗이 맺히면서 은빛을 띠기 시작한다. 이걸 흔히 억새꽃이라고 하는데 사실은 씨앗을 날려 보내기 위해 수염 모양의 날개를 단 것이다. 잎과 줄기가 부딪쳐 서걱대는 소리를 내면 가을 정취가 한결 더해진다.

억새와 갈대를 구분하지 못하는 사람도 있다. 둘 다 볏과에 속하는 초본식물이라 비슷하게 생겼다. 억새는 대부분 산과 들에 나고 갈대는 반수생식물이어서 습지나 강, 호수, 해변에 자란다. 억새 키는 1.2m 안팎으로 작고 갈대는 2~3m로 크다. 억새잎은 좁고 가운데에 흰 줄이 있는 반면 갈대 잎은 넓고 대나무 잎을 닮았다. 줄기도 갈대가 더 굵다. 여자의 마음이 갈대라지만 바람에 쉬이 흔들리는 것은 오히려 억새다.

해마다 이맘때면 억새 인파가 몰리는 바람에 '힐링'하러 갔다가 '킬링'된다는 우스개가 나돈다. 전문가들은 남보다 약간 일찍 가거나 늦게 오라고 권한다. 안개 잦은 가을 산의 운해(雲海)에 고즈넉이 젖어보는 새벽 산행, 느긋하게 산에 올라 환상적인 '억새 노을'을 즐기고 천천히 내려오는 여유…….

그러다 '하산길 돌아보면 별이 뜨는 가을 능선에/잘 가라 잘 가라 손 흔들고 섰는 억새'(정일근 시 '가을 억새')를 만나기도 할 것이다. 그럴 때 마음은 얼마나 애잔하고 설레는가. 우리도 그렇게 별이 뜨는 능선에서 혼자 손 흔들고 싶을 때가 있다. '가을 저녁 그대가 흔드는 작별의 흰 손수건에/내 생애 가장 깨끗한 눈물 적시고 싶은' 때도 있다.

억새 줄기는 갈대보다 가늘다.

남산, 갈 봄 여름 없이 꽃이 피네

서울 한복판에 있는 103만㎡의 도심공원 남산. 조선시대부터 도성의 남쪽에 있어 남산이라고 불렸다. 본래 이름인 목멱산(木覓山)도 '마뫼'에서 왔으니 곧 남산이다. 정상에 봉수대가 있다. 남산이 공원으로 개발된 것은 100여 년 전이다. 1910년에 세운 '한양공원(漢陽公園)'이란 고종 친필의 석비(石碑)가 남아 있다. 보릿고개 시절이던 1962년에 설치된 케이블카는 장안의 명물이었다.

조선시대 이곳 주변에는 두 부류의 지식인들이 살았다. 출세길을 준비하는 남산골 샌님들과 정계에서 물러난 은퇴자들이다. 이덕무가 박제가를 처음 만난 곳도 여기다. 서거정은 남산 꽃구경을 좋아해서 '장안 만호엔 집집마다 꽃밭이니/누대 비치어 붉은 비 오는 듯하다./청춘이 얼마 남았는가. 마음껏 구경하세'('한도십영(漢都十詠)-5 목멱상화(木覓賞花)')라는 시를 읊었다.

겸재 정선의 그림에 나오고 애국가에도 등장하는 소나무는 구한말 땔감으로 벌목돼 거의 없어졌다. 지금은 전나무와 잣나무 사이로 떡갈나무, 아카시아 등 활엽수가 빽빽하게 들어서 있다. 산허리 둘레

길을 따라 펼쳐지는 꽃무리와 야외식물원, 남산성곽길 풍광도 아름답다. 저물녘 노을에 물드는 한강과 도심의 화려한 야경을 구경하는 것 또한 백미다.

밤이면 색색의 조명으로 옷을 갈아입는 N서울타워는 남산의 랜드마크다. 네 가지 색깔로 그날의 대기 상황을 알려준다. 맑은 날은 파란색, 보통인 날은 초록색, 대기오염이 심한 날은 노란색, 초미세먼지 주의보가 발령된 날은 붉은색으로 바뀐다. 드라마 '별에서 온 그대' 촬영지로 알려지면서 한류 관광코스가 됐다. 도민준과 천송이가 자물쇠를 건 자리는 국내 연인뿐만 아니라 외국 관광객들로 연일 붐빈다.

'코로나 시절'을 빼면 한 해 남산 방문객이 1000만 명을 넘는다. 봄과 초여름에는 매월 100만 명 이상 몰린다. 꽃이 좋은 4월엔 115만 명, 단체 여행객을 태운 관광버스가 10만 대를 넘기도 한다. 이들의 대부분이 중국에서 왔다. 중국 관광객이 가장 좋아하는 지하철역 인근 관광지가 남산 서울타워라니 걸어서 찾는 사람도 많으리라.

정작 남산을 잘 모르는 건 우리다. 철 따라 꽃과 새와 다람쥐의 향연이 펼쳐지는 도심 속의 숲. 봄 마중 삼아 남산도서관 옆 소월시비에 새겨진 '산유화' 구절을 읊조리면서 호젓하게 남산길을 걸어보자. '산에는 꽃피네./꽃이 피네/갈 봄 여름 없이/꽃이 피네……'

해질녘 소래포구의 물결

소래포구의 해질녘 풍경은 아름답다. 먼 바다에서 돌아오는 어선과 바알갛게 일렁이는 물결, 오래전 실향민들이 어선 10여 척으로 새우잡이를 시작하던 그 포구로 썰물 때마다 갯벌 위에 몸을 누이는 배, 일제강점기에 염전이 있었고 거기서 나오는 소금을 실어나르기 위해 수원과 인천을 잇는 수인선 협궤열차가 지나던 곳…….

염전이 있던 자리에는 해양생태공원이 들어섰다. 갈대 사이로 옛 소금창고도 보인다. 이가림 시인이 '소래포구 어디엔가 묻혀 있을/추억의 사금파리 한 조각이라도/우연히 캐낼 수 있지 않을까 하는/속셈을 슬그머니 감춘 채/몇 컷의 흑백풍경을 훔치러 갔다'가 '오히려 풍경의 틀에 끼워져/한 포기 나문재로/흔들리고 말았음이여'라고 노래했던 시 '소금창고가 있는 풍경'의 현장이다.

소래(蘇萊)의 지명 유래는 미스터리다. 지형이 소라처럼 생겨 나온 말이라는 설, 냇가에 숲이 많다는 뜻의 솔내(松川)에서 나왔다는 설, 지형이 좁다(솔다)는 말에서 비롯됐다는 설, 당나라의 소정방(蘇定方)이 나당연합군으로 중국 산둥성 라이저우(萊州)를 출발해 이곳으로 왔다는 설 등이 분분하다.

소래포구 경매장에선 하루 평균 10만여 마리의 꽃게가 거래된다. 오래된 재래어시장 옆에 신식 건물인 종합어시장이 생겨 옛날보다 깔끔해졌다. 봄에는 알이 꽉 찬 암꽃게를 제일로 치지만 가을철엔 수꽃게가 제격이다. 꽃게 가격은 물량에 따라 그날그날 희비쌍곡선을 그린다. 음력 보름과 그믐 전후의 사리 때에 많이 잡혀 값이 비교적 싸다. 그러나 휴일에는 수요가 몰려 가격이 오른다. 씨알 굵기에 따라 값 차이가 난다.

초가을엔 새우도 싸게 살 수 있다. 상인들이 귀띔해준 바로는 얼린 대하가 자연산이고, 살아 있는 대하는 대부분 양식이다. 전어 또한 푸짐하게 즐길 수 있다. 굳이 구분하자면 뼈째 먹는 전어회는 늦여름 별미, 불에 구워 대가리부터 씹어 먹는 전어구이는 가을 별미다.

소래포구는 수도권의 대표적인 젓갈시장이기도 하다. 전북 부안 곰소젓갈시장과 충남 논산 강경젓갈시장, 홍성 광천젓갈시장과 함께 서해안 최고의 젓갈 산지다. 내친김에 영화 '실미도'를 촬영한 섬 무의도를 비롯해 을왕리해수욕장, 강화 맞은편의 대명항 등 인근 명소까지 섭렵해도 좋다.

수인선 협궤열차가 지나던 곳……

강화도, 그 섬에 가고 싶다

강(江)을 끼고 있는 빛나는(華) 땅. 강화도(江華島)는 섬이지만 어업보다 농업이 발달했다. 농사 짓는 집이 9000가구가 넘는데 물일하는 집은 300가구도 안 된다. 예부터 전략적 요충지여서 식량을 확보하는 게 중요했기 때문이다. 많은 평지가 고려시대 이후 간척과 매립으로 생겨났다.

강화에는 역사 유적이 많다. 고인돌부터 시작해서 하도 많아 '지붕 없는 박물관'으로 불린다. 개성이 건너다보이는 곳엔 고려 궁궐터가 있다. 몽고와 싸우기 위해 39년간 수도를 옮겼던 흔적이다.

동부해안에는 4대 전쟁 역사 유적지인 갑곶돈대, 광성보, 덕진진, 초지진이 있다. 역사의 고비마다 외세의 침략을 받았던 곳이다. 신미양요 격전지였던 광성보에는 당시 전사한 병사들의 무덤과 장수 어재연을 기리는 쌍충비각이 있다. 병인양요 때 양헌수 장군이 프랑스군을 막아냈던 정족산성의 길이는 2300m에 이른다. 인근 전등사는 고구려 때 세운 고찰이다. 강화읍 관청길에 있는 강화성당은 국내 최초의 한옥 성당이다.

풍광도 아름답다. 소나무 숲이 두레밥상처럼 펼쳐진 동막해변과 민머루해변의 일몰은 그림 같다. 아이들과 조개, 낙지를 잡으며 갯벌 체험까지 할 수 있다. 철마다 장어요리와 밴댕이회·무침, 단호박 넣은 꽃게탕 등을 즐기는 맛 기행도 빼놓을 수 없다. 가끔은 7kg이 넘는 민어가 앞바다에서 잡히기도 한다.

동막해변 부근에는 '강화도 시인' 함민복 씨가 산다. 우연히 마니산에 놀러왔다가 너무 좋아 폐가를 빌려 눌러앉은 지 20년이 넘었다. 월세 10만 원짜리 방에서 바다와 갯벌의 생명을 노래하다 생활비가 떨어지면 방 가운데 빨랫줄에 걸린 시 한 편을 떼어 출판사로 보내던 그. '시 한 편에 삼만 원이면/너무 박하다 싶다가도/쌀이 두 말인데 생각하면/금방 마음이 따뜻한 밥이 되네'라던 시인은 2011년 결혼해서 인삼가게를 열었다.

광성보 잔디밭에는 '천만 결 물살에도/배 그림자 지워지지 않는다'는 함민복 시 '그리움'이 새겨져 있다. 옛 시인의 자취도 남아 있다. 고려 최고 시인 이규보가 길상면 길직리에 잠들어 있다. 몽고군을 피해 강화로 온 이규보는 평생 8000수의 시를 남겼다. 그중 2200수가 전해온다.

2017년 석모대교가 개통된 뒤로 강화를 찾는 사람이 늘었다. 본섬과 석모도를 오가던 뱃길은 30년 만에 역사 속으로 사라졌다. 새우깡을 받아먹으며 줄지어 날아오던 갈매기의 추억도 옛일이 됐다. 다시 그 섬에 가고 싶다.

나? 경복궁이야

내가 태어난 건 1395년 9월이었어. 태조가 한양 천도를 결심하고 첫삽을 뜬 지 딱 열 달 만이었지. 경복궁이라는 이름은 정도전이 '시경(詩經)'의 '군자만년 개이경복(君子萬年 介爾景福·군자만년 그대의 큰 복을 도우리라)'라는 시구에서 따왔대. 왼쪽 낙산과 오른쪽 인왕산 사이로 청계천이 흐르는 배산임수의 명당이라는데 좋은 일도 많았지만 굴곡도 적지 않았어.

정종은 나를 버리고 개성으로 옮겨갔지. 태종이 돌아온 뒤 궁내에 경회루를 짓고 연못 사이로 꽃배를 띄우며 잔치를 벌였는데 참 볼만했어. 그런데 1553년 큰불로 편전과 침전 구역의 집이 전부 타버렸고 진귀한 보배와 책 등이 소실돼버렸지. 창건 이래 최대의 참사였어. 이듬해 중건했지만 임진왜란으로 또 잿더미가 돼버렸고……. 이후 273년 동안 빈터로 남아 있던 걸 대원군이 되살렸지만 1895년 명성황후가 일본 낭인들에게 시해되고, 고종이 러시아 공관으로 파천한 뒤로는 다시 외로운 신세가 됐어.

1910년 일제에 병합된 뒤 수모는 더 컸지. 돌로 총독부 건물을 짓고 광화문을 헐어 건춘문 북쪽으로 옮겼지. 다행히 지금의 모습으로 복원됐으니 이젠 살 만해. 흔히들 중국 자금성보다 작다며 폄하하지만 내가 25년이나 먼저 태어난 걸 알면 놀랄 걸. 위압적인 자금성에 비해 아담하다고 느끼는 건 건축 철학이 다르기 때문이야. 좌우대칭의 웅장함을 강조하는 그들의 설계방식과 달리 조화와 실용을 중시했지. '검소하나 누추하지 않고, 화려하나 사치스럽지 않게'라는 게 고래의 우리 건축 정신이었으니까.

근정전 마당에는 빗물 홈이 없지만 어지간한 폭우에도 빗물이 고이지 않아. 뜰 전체를 비스듬하게 만들어 물매를 주었기 때문이지. 자세히 보면 뜰의 남쪽이 북쪽보다 약 1m쯤 낮아.

경회루와 향원정에 전등이 처음 켜지던 날도 잊지 못해. 연못물이 빨려 올라가며 우레 같은 증기발전기 소리가 났는데 잠시 뒤 휘황한 불빛이 대낮같이 점화돼 모두가 놀라움을 금치 못했지. 궁인들은 이 전등을 구경하기 위해 온갖 핑계를 대며 내전 안으로 몰려들었고.

2010년부터 시민들에게 야간 개방을 시작했는데 사람들이 너무 몰려 난리군. 하루에 1만 명이 넘기도 해 그럴 때면 신이 나. 달빛과 조명이 어우러진 근정전의 처마가 날아갈 듯 춤을 추는 것도 이 때문일 거야. 달빛 아래 모인 사람들이 자경전 담장의 월매도 앞에서 즐거워하는 걸 보며, 600년 이상 살아온 내 삶도 돌아보게 돼. 저 달나라 궁궐의 선녀 항아처럼 모든 이들이 행복하고 더 풍족해졌으면 하는 기도와 함께 말이야.

근정전에 숨겨진 비밀 세 가지

경복궁의 근정전(勤政殿) 이름에는 '부지런하게(勤) 정치하라(政)'는 뜻이 담겨 있다. 정도전이 1395년 창건하면서 지었다. 이곳에서 왕의 즉위식과 사신 접대, 과거시험, 훈민정음 반포식 등 수많은 행사가 열렸다. 임진왜란 때 소실됐다가 270여 년 만인 1868년(고종 5년) 흥선대원군이 새로 지었다.

경복궁의 정전이기에 건물도 웅장하다. 아파트 8층과 맞먹는 25m 높이에 정면 너비가 30m에 이른다. 겉으로는 2층처럼 보이는 중층이지만, 내부는 위아래가 시원하게 트여 있다. 정면 안쪽에 왕의 자리인 어좌(御座)가 놓여 있고, 그 뒤로 해와 달, 금강·묘향·지리·백두·북한산 봉우리를 상징하는 '일월오봉도'가 펼쳐져 있다.

가장 눈길을 끄는 것은 천장 중앙의 칠조룡(七爪龍)이다. 발톱을 일곱 개씩 가진 황룡 두 마리가 구름 사이에서 여의주를 희롱하고 있다. 동양의 상징체계에서는 제후국이 4조룡, 황제국이 5조룡을 썼다. 그런데 왜 근정전의 용 발톱은 일곱 개일까. 땅에 떨어진 왕권을 회복하고 그 권위를 황제 이상으로 강화하려던 의지를 반영했다. 흥선

대원군이 엄청난 반대를 무릅쓰고 경복궁을 중건한 이유가 여기에 있다.

근정전 뜰을 경사지게 조성한 것도 이와 관련이 있다. 신하들이 왕을 우러러보게 하려는 의도다. 빗물이 잘 빠지도록 배려한 측면도 있지만, 근정전의 안쪽 바닥까지 비스듬하게 한 데서 왕을 돋보이게 하려던 시각효과가 느껴진다.

건물의 지붕은 어떤가. 원래 근정전 지붕은 용 문양의 청자기와로 덮여 있었다. 임진왜란 이후 광해군이 비싼 청자기와로 복원하려다 조정과 백성의 반발 때문에 포기했다. 지금은 검은 기와로 덮여 있다. 역사학자들은 "사극이나 영화 등에서 임진왜란 이전의 근정전을 다룰 때에는 청기와 건물로 표현하는 게 옳다"고 조언한다.

이제는 근정전 내부가 공개돼 누구나 들어가 볼 수 있게 됐다. 이왕이면 근정전에 얽힌 이야기를 하나씩 음미하며 관람해 보자. 근정전 뒤 왕의 집무실인 사정전(思政殿)에 들러 '생각하고 생각해서 정사를 펴라'는 뜻도 새겨볼 만하다. 예나 지금이나 지도자의 권위는 화려한 외형이 아니라 사람들에게 가장 절실한 게 무엇인지 성찰해서 힘써 행하는 것이라는 이치까지 되새기면 더욱 좋겠다.

임진왜란 이전에는 청기와 지붕이었다.

덕수궁 돌담길의 러브 스토리

'옛날에는 덕수궁 담 뒤에 있는 영성문 고개를 사랑의 언덕길이라고 일러왔다. 영성문 언덕길은, 한편에는 유서 깊은 덕수궁의 돌담이 드높이 싸여 있고 다른 한편에는 미국영사관, 지금의 대사관 돌담이 높다랗게 막힌 데다가, 좌우편 담 안엔 수목들이 담장 밖에까지 울창한 가지를 내뻗어서, 영성문 언덕길은 마치 자연의 턴넬처럼 되어 있었다. 그러므로 남의 이목을 꺼리는 젊은 남녀들은 흔히 사랑을 속삭이고자 영성문 언덕길을 찾아왔던 것이다.'

정비석 소설 《자유부인》에 나오는 구절이다. 여기서 말하는 영성문 고개, 사랑의 언덕길이 지금의 덕수궁 돌담길이다. 소설이 나온 게 1954년이니 데이트 코스로 인기를 끈 역사가 꽤 길다. 요즘도 계절 따라 꽃과 낙엽, 눈 덮인 언덕길의 정취가 아름답다. 가을날 노란 은행잎을 '즈려밟으며' 추억에 잠기는 사람들의 표정은 더욱 그렇고.

덕수궁 돌담길 일대는 조선시대 왕실과 양반들의 주거공간이었다. 19세기 말에는 영국 미국 러시아 등 외국 공관과 선교사들이 세운 정동교회, 현대식 교육기관 배재학당과 이화학당, 국내 첫 호텔인 손탁호텔 등이 이곳에 자리 잡았다.

개화기 외국인들에게는 가구거리(Furniture Street), 장롱거리(Cabinet Street)로도 불렸다. 이사벨라 버드 비숍 여사에 따르면 외국인들은 서랍 달린 큰 책상과 결혼장롱에 매혹돼 영국공사관 근처를 장롱거리라고 이름 붙였다. 1886년 육영공원 교사로 한국에 온 조지 길모어 목사는 "선교사들이여, 책상 가구는 갖고 오지 마시라. 이곳엔 훌륭한 목재가구가 너무나 많다"고 썼다.

덕수궁은 한때 경운궁으로 불렸다가 고종 퇴위 이후에 새로 붙인 이름이다. 소설에 나오는 영성문은 1920년대에 없어졌다. 하지만 사랑의 언덕길 덕분인지 그 이름은 오래 남았다.

그런데 왜 '덕수궁 돌담길을 걸으면 헤어진다'는 말이 나왔을까. 여러 속설이 혼재한다. 배재·이화학당 남녀 학생들의 갈림길, 이들의 연애와 이별, 경성재판소에서 이혼하는 부부 등 근거(?)도 다양하다.

덕수궁 돌담길은 여전히 낭만적이다. 연인들이 걷기에 더없이 좋다. 서울시립미술관과 정동극장 등 문화시설이 많아 외국 관광객도 많이 찾는다. 영국대사관 때문에 끊겼던 돌담길 170m 구간까지 연결됐으니 은밀하고도 달콤한 데이트 코스로 그만이다. 덕수궁 수문장과 영국 근위병의 순회경계 행사까지 더해지면 그것도 새로운 볼거리가 되겠다.

'덜덜골목' 정동의 밤

덕수궁 옆 정동(貞洞)골목은 100여 년 전 '덜덜골목'으로 불렸다. 1901년 덕수궁에 설치된 발전기 소리가 너무 요란해서 생긴 별명이다. 덕수궁 전깃불도 '덜덜불'이라 했다. 툭하면 전기가 끊어져 '건달불'로 불린 경복궁 전기와 비슷했다. 아관파천 후 덕수궁으로 거처를 옮긴 고종이 밤마다 신변을 걱정하던 시절의 애환이 깃든 이름이기도 하다.

봄날 정동야행(貞洞夜行) 축제에서 이 덜덜불을 체험했다. 그때처럼 전구를 이용해 덜덜꼬마등을 만들면서 자가 발전기의 작동 원리와 전구에 불이 들어오는 과정을 확인할 수 있었다. 이렇게 만든 덜덜불로 정동의 밤거리를 밝히는 재미 또한 쏠쏠했다. 덕수궁길과 시청별관 앞에서 마당극 '덜덜불을 가진 자, 그는 누구인가'를 관람하는 아이들은 어깨춤을 췄다.

정동야행 주제도 다채로웠다. 밤에 피우는 문화의 꽃 야화(夜花), 근대유산을 따라 걷는 야로(夜路), 역사와 함께하는 야사(夜史), 거리에서 펼치는 공연 야설(夜設), 아름다운 봄밤의 야경(夜景), 먹는 즐거움을 누리는 야식(夜食)까지 펼쳐졌다. 정동 제일교회와 성공회 서울주교좌성당의 파이프오르간 연주 또한 절묘했다.

각국 대사관이나 성공회 수녀원 등은 홈페이지에 미리 신청한 사람만 들어갈 수 있었지만, 나머지는 대부분 제한이 없었다. 덕수궁 중명전과 옛 러시아공사관, 서울시립미술관 등 5곳에서 안내원의 설명을 들으며 정동을 한 바퀴 도는 것도 빼놓을 수 없다. 중구가 개발한 모바일 앱 '중구 스토리여행'에서 한국어, 영어, 중국어, 일본어 해설이 나오니 외국인들도 신이 났다.

외국인들은 개화기 고종이 마시던 커피를 재현하는 '가비의 향'에 매료됐다. 가비는 커피의 한자 표현이다. 커피콩을 절구에 갈아 맛보고 커피가루는 향첩에 넣어 방향제로 활용할 수 있다. 옛 신문사의 납활자로 가족신문을 찍어 보는 행사에도 사람들이 몰렸다.

이 길의 추억을 오래 간직하는 특별한 방법도 눈길을 끌었다. 근대식 우편제도의 주역 우정총국이 있던 것에서 착안한 '느린 편지' 이벤트다. 미래로 보내는 편지를 써서 옛날식 우체통에 넣으면 가을 야행 때 받아볼 수 있게 했다.

정동에는 근대문화 유산만 많은 게 아니다. 돌담길을 따라 걷던 연인들의 밀어와 오래된 골목에 배어 있는 로맨틱한 공기도 향그럽다.

툭하면 전기가 끊어지던 '건달불'

한양도성 따라 걷기

태조 이성계는 궁궐과 종묘를 완공한 이듬해 수도 방위를 위해 한양도성을 쌓았다. 1396년 1월 9일부터 2월 말까지 1차 공사에는 11만8070명을 동원했다. 겨울공사는 농번기를 피하기 위한 것이었다.

그 해 가을걷이가 끝난 뒤 7만9431명을 다시 모아 공사를 끝냈다. 성곽은 석성과 토성으로 쌓고 그 사이에 4대문(흥인문, 돈의문, 숭례문, 숙정문)과 4소문(홍화문, 광희문, 창의문, 소덕문)을 뒀다.

한양도성은 주변을 둘러싼 북악산(백악산), 낙산(타락산), 남산(목멱산), 인왕산을 성곽으로 이어 평지성과 결합한 형태다. 산성과 도성을 일체시킨 한국식 축성은 고구려 때부터 이어진 양식이다. 총 길이가 18.6㎞나 되고 세계 최장기간인 514년 동안 도성으로 쓰여 역사적 가치가 크다.

도성의 원형은 지속적인 개축과 보수 덕분에 대한제국 시절까지 잘 유지했다. 1900년 숭례문 전차 공사 때도 문루와 성벽은 온전히 지켰다. 그러나 일제는 1907년 일본 왕세자 방문을 빌미로 숭례문 성벽을 무너뜨렸고 서소문 주변 성곽도 헐어버렸다. 서대문과 혜화문 철거에 이어 남산에는 조선신궁을 짓고 동대문 성벽 또한 없애버렸다.

복원사업은 1962년 문화재보호법 제정에 따라 시작됐고, 1968년 북한 김신조 일당의 청와대 습격 사건 이후 급물살을 탔다. 외국 학자들은 1000만 명이 사는 대도시에 이 정도로 보존 상태가 좋은 성곽을 가진 나라는 세계적으로 드물다며 부러워한다.

2013년에는 축성 과정에서 성곽 돌에 구간별 책임자와 석수 이름, 지명을 새겨 넣은 '각자성돌' 80개가 새로 발굴됐다. 당시 97개 공사 구간에 이름을 붙이고 어느 지역의 누가 쌓았다는 것을 기록한 돌이다. 성벽이 무너질 때 책임소재를 가리기 위한 '공사 실명제'의 유물인 셈이다. 앞서 회현 자락의 도성터에서는 일제가 참배를 강요한 조선신궁의 콘크리트 잔재가 발견되기도 했다.

조선시대에 성곽을 돌며 경치를 구경하던 순성(巡城)놀이도 되살아났다. 순성놀이란 해가 뜰 때부터 질 때까지 도성을 한 바퀴 도는 것으로 과거시험 보러 온 유생들이 장원급제를 기원하며 행했던 풍습이다.

날씨가 좋으면 가족이나 친구와 함께 도성에 올라 소원을 비는 사람이 늘어난다. 그 중에는 오랫동안 혼자 견뎌온 상처의 응어리를 풀며 비로소 마음의 평화를 얻는 단독순례자도 있다. 꼭 산티아고에 가야만 하는 건 아니다. 가까운 곳, 짧은 길에도 평온은 있다.

여행엽서 같은 마포8경

마포 일대에는 서호·마호·용호가 있었다. 이를 삼포(三浦-3개의 포구)라고 했다. 마포(麻浦)나루의 유래도 여기에서 비롯됐다. 전국의 배들은 마포나루와 서강나루, 양화나루로 드나들며 온갖 물건을 실어 날랐다. 물산만 풍부한 게 아니라 풍광 또한 절경이었다. 북쪽의 산과 남쪽의 강을 배경으로 수많은 시와 그림이 탄생했다. 그 유명한 '마포8경'이란 말이 그래서 나왔다.

제1경 용호제월(龍虎霽月·용산강에 비 갠 날 저녁에 뜬 달)부터 마포귀범(麻浦歸帆·나루로 돌아오는 돛단배), 방학어화(放鶴漁火·방학교 부근의 샛강에서 밤낚시하는 등불), 율도명사(栗島明沙·밤섬 주변의 깨끗한 백사장), 농암모연(籠岩暮煙·농바위 부근의 저녁 짓는 연기), 우산목적(牛山牧笛·와우산에서 들려오는 목동의 피리 소리), 양진낙조(楊津落照·양화진 물빛을 붉게 적시는 낙조), 관악청람(冠岳晴嵐·맑은 날 관악산의 아지랑이)까지 이름만 들어도 시흥이 넘친다.

이곳에 살던 사람들의 면면이 흥미롭다. 토정 이지함은 마포대교 남쪽 유수지 옆에 살았다. 그의 이름을 딴 마을이 토정동이다. 상암동은 실학의 선구자인 한백겸이 1608년 이후 살던 곳이다. 염리동 동도중고교 자리에는 흥선대원군의 만년 별장 아소당이 있었다. 신숙주의 별장 담담정도 마포 강언덕에 있었다.

지금의 망원정은 본래 세종 때의 효령대군 별장(희우정)이었다. 성종 때 월산대군이 이름을 망원정으로 바꿨는데 이곳에서 산수 간 먼 경치를 잘 볼 수 있었기 때문이다. 월산대군은 부드럽고 율격이 높은 문장을 많이 지었다. '풍악소리 놀잇배는 나루터를 건너는데/푸르고 붉은 강풀은 물가에서 자라누나'라는 시도 이곳에서 노래했다.

세월이 흘러 옛 정취가 바랜 곳도 많다. 이제는 새우젓도 없고 마포 종점도, 여의도 비행장 불빛도 사라졌다. 하지만 마포에는 옛적의 아름다운 풍광들이 여행엽서처럼 여전히 펼쳐져 있다.

2014년 봄에는 영화 '어벤져스2' 촬영으로 마포대교 일대가 통제되고, 구경 인파로 하루 종일 붐볐다. 할리우드 입장에서는 마포대교가 한국의 경제성장과 여의도 빌딩숲을 보여주는 배경이었을 것이다. 상암동이 쓰레기 매립지에서 월드컵 신화와 첨단 정보도시로 거듭났으니 그럴 법도 하다.

우리나라 홍보와 경제효과도 컸겠지만, 외국 사람들이 마포대교를 영화 촬영지로만 생각했다는 게 조금 아쉽다. 옛 양화진나루터, 밤섬, 삼개포구, 토정 이지함 생가터, 마포종점에 새겨진 역사의 속살까지 제대로 보았다면 더 좋았을텐데.

복숭아꽃밭 도화동(桃花洞)의 봄

옛날 한 마을에 마음씨 고운 노인과 예쁜 외동딸이 살았다. 딸의 아름다움이 천궁에 알려져 하늘나라로 시집가게 되자 노인은 기쁘면서도 섭섭했다. 이에 선관이 천도복숭아 한 개를 선물로 주고 갔다. 먹으면 천년을 산다는 복숭아였지만 노인은 딸 생각에 먹지 못했다. 결국 과일은 썩었다. 그러나 씨가 남았고, 덕분에 복숭아꽃이 만발했다. 사람들은 이 복숭아꽃 마을을 복사골이라고 불렀다.

서울 마포 도화동(桃花洞)의 유래다. 지금은 아파트촌으로 바뀌었지만, 밤섬에서 보면 산비탈의 분홍색 꽃밭과 쪽빛 한강물이 어우러져 그림 같았다고 한다. 다른 지역에도 복사골 전설은 많다. 복숭아꽃은 살구와 함께 집 주변에서 흔히 보는 것이어서 한때 국화(國花)로 정하자는 논의까지 있었다.

복숭아 원산지는 중국 황하 상류다. 원래 봄볕에 타는 듯 붉은 꽃을 가득히 피우므로 어느 꽃보다도 양기가 충만하다고 해서 무병장수의 상징으로 쳤다. '귀신에 복숭아나무 방망이'라는 속담처럼 나쁜 것을 쫓는 용도로도 썼다.

복숭아꽃의 상징 중에서 가장 강한 것은 미(美)와 색(色)이다. 복숭아를 먹으면 예뻐진다는 말은 오래전부터 전한다. 달밤에 복숭아 벌레까지 먹으면 더 예뻐진다는 속설에 '복숭아는 밤에 먹고 배는 낮에 먹으랬다'는 속담까지 생겼다.

복숭아 중에서도 살과 물이 많고 단 수밀도(水蜜桃)의 맛은 일품이다. 연분홍 색감에 둥두렷한 곡선, 가는 봉합선의 골이 있는 외양도 탐스럽다. 그래서 여성의 이미지와 연결시키곤 한다.

서구에서는 서양배처럼 생긴 엉덩이를 으뜸으로 치고, 동양에서는 복숭아처럼 생긴 엉덩이를 제일로 꼽는다고 한다. 복숭아 빛깔인 도색(桃色)의 뜻이 도색 사진, 도색 영화 등에 쓰이는 것도 이런 연유일까.

도화살(桃花煞)은 호색과 음란을 뜻한다. 이 때문인지 선조들은 복숭아나무를 집안에 심지 않았다. 기생이나 애첩을 도엽(桃葉), 도근(桃根), 도화(桃花)라고 부르고, 도(桃)자가 들어간 이름은 유녀(遊女)에게나 붙였다. 그러고 보니 화류계 여인들의 부채도 도화선(桃花扇)이 아닌가.

하지만 복숭아밭은 낙원 사상의 무릉도원(武陵桃源)이나 성스러운 도원결의(挑園結義)의 의미도 함께 지니고 있다. 그만큼 아름답고 높고 기품이 있다.

약초가게가 많았던 약현(藥峴)

"중림동성당을 왜 약현(藥峴)성당이라고 부를까요?"

봄비 속의 점심 산책길. 고개를 갸웃대던 후배가 우산 사이로 묻는다.

"예전에 이 언덕이 약초재배지였대. '약초밭이 있는 고개'라 해서 약전현(藥田峴)으로 불렸는데, 이게 점점 줄어서 약현이 됐다는군. 약초고개에 지은 성당이라……, 뭔가 운치가 더 있잖아?"

약현은 서울역에서 만리재 쪽으로 이어지는 중림동의 옛 이름이다. 한때는 약초가게가 많아 약밭고개, 약전중동(藥田中洞)으로도 불렸다. 조선시대 장안에 약을 공급한 '가운뎃말'에서 유래한 것이다. 소설 '동의보감'에 따르면 조선 명의 허준도 이 동네에서 환자들을 치료했다.

이곳에 얽힌 이야기가 많다. 조선시대 정승을 지낸 김재찬이 어느 날 식음을 전폐하고 끙끙댔다. 어머니 윤씨가 이유를 묻자 청나라가 은 5000냥을 보내라는데 마련할 길이 없어 걱정이라고 했다. 윤씨는 약현의 옛집으로 그를 데려가 부엌 바닥을 파 보라고 했다. 그 속에서 은이 가득 든 독 세 개가 나왔다. 윤씨는 옛날 집을 수리하다 은독이 나오자 뜻하지 않은 횡재는 이롭지 못하다며 다시 묻어두었다고 말했다. 그 은으로 근심을 덜자 왕은 윤씨를 '정승부인'이 아니라 '부인정승'으로 예우했다. 여기에 나오는 약현이 이곳이다. 김재찬의 아버지 김욱도 영의정을 지냈기에 부자(父子)정승 마을로도 불렸다.

약현성당이 들어선 것은 1892년이다. 명동성당보다 6년이나 빠르다. 우리나라 최초의 근대식 벽돌 건물이자 첫 고딕식 성당이다. 1896년 최초의 사제 서품식도 여기서 열렸다. 조선 천주교 첫 영세자인 이승훈(李承薰)의 집이 이 근처에 있었다. 천주교 박해 때 44명이 순교한 서소문(西小門) 성지가 내려다보이는 곳이어서 더 의미 있다. 서소문 성지에서는 신유박해 때 정약용의 셋째형이자 이승훈의 처남인 정약종이 순교했고, 기해박해 때 정약종의 아들 정하상 등 수많은 교인들이 참수를 당했다. 드라마 촬영 명소로도 인기다.

서울 명주인 약주(藥酒)의 본고장도 여기다. 조선 시대 문신 서성의 집이 이곳에 있었는데 이 집에서 빚은 술이 최고여서 붙은 이름이다. 그의 호가 약봉(藥峰)인 것도 재미있다. 서유구의 '임원경제지'에 '좋은 청주를 빚은 서성의 집이 약현에 있어 그 술을 약산춘이라 한다'는 기록이 나온다. 이 약산춘이 곧 약주, 좋은 술의 통칭으로 쓰였다. 일설에는 서성의 어머니 이씨 부인이 남편 사후 술장사를 할 때 워낙 솜씨가 뛰어나 '약현술집'이 소문난 데서 생겼다고도 한다.

조선 말기 대동여지도를 제작한 고산자 김정호(金正浩)도 여기에 살았다. 성당 앞 삼거리에 1991년 세운 기념비가 있다. 인근의 양정고보 자리에는 손기정공원이 조성돼 있다. 1936년 베를린올림픽 마라톤에서 우승한 손 선수가 썼던 월계관과 같은 수종인 손기정월계관수도 자라고 있다. 키가 15m를 넘는다.

성당 앞 서울역고가도로는 보행녹지공원으로 바뀌었다. 컨벤션센터와 호텔 오피스텔 등으로 구성된 '강북판 코엑스'도 곧 생길 모양이다. 약현성당과 서소문공원을 역사관광지로 개발해 국내외 관광객까지 유치하겠다니 더욱 반갑다. 저만치 봄비 속으로 소곤거리며 가는 성지순례객들의 우산 행렬이 벌써 정겹다.

사연 많은 경의선

서울과 신의주를 잇는 500여㎞의 육로와 철로. 경의선의 역사는 유구하다. 삼국시대부터 주요 도로로 쓰였다. 중국을 왕래하는 사신들의 연행(燕行)길이었고, 상인들의 무역로이기도 했다. 연암 박지원과 담헌 홍대용이 이 길을 따라 걸었다.

임진왜란 때 왜군에 쫓겨 의주까지 몽진한 선조는 '국경의 달을 향해 통곡을 하고/압록강 바람에 마음 아파라/조정 신하들이여, 오늘 이후에도/동서로 갈라져 다투겠는가'라는 시구를 읊으며 눈물을 흘렸다.

이 길은 원래 목포에서 신의주까지 1068㎞에 이르는 국도 1호선이다. 지금은 목포에서 판문점까지 498㎞, 북한의 판문점에서 신의주까지 444㎞로 나뉘어 있다. 2000년 경의선 도로 연결 공사에 따라 개성공단과 연결됐지만 남북관계에 따라 끊어졌다 이어지기를 거듭했다.

철도가 개통된 것은 1906년이었다. 1896년 프랑스 피브릴사가 철도부설권을 얻었다가 자금을 못 구해 포기하고 1899년 대한철도회사도 이에 실패하자 1900년 정부가 나서서 서울~개성 간 선로 측량을 시작했다. 하지만 1904년 러일전쟁을 계기로 일본이 이를 강점, 불과 2년여 만에 군용철도를 완공했다. 하루 평균 730m의 선로를 부설했으니 거기에 시달린 민초들의 원망도 그만큼 컸다.

1908년에는 신의주~부산 사이(경부철도)에 한국 최초의 급행열차가 운행됐고 1911년 만주를 거쳐 유럽까지 가는 국제 철도 노선이 연결됐다. 1930년대에는 서울에서 베이징까지 직통열차가 생겼고 경의선과 만주철도, 시베리아철도를 경유해 영국 런던까지 가는 티켓도 등장했다.

1936년 베를린 올림픽에서 마라톤 금메달을 딴 손기정 선수는 그해 6월 4일 서울역에서 경의선 열차를 타고 하얼빈을 거쳐 시베리아 횡단열차를 이용해 독일 베를린까지 17일 만에 도착했다.

이에 앞서 고종의 주치의였던 독일 의사 리하르트 분쉬는 1900년대 초 편지에 이렇게 쓰고 있다. '지금 건설 중인 서울~의주 구간의 정거장도 가까운 곳에 생기게 되고 나중에는 의주에서 바로 시베리아철도로 연결돼 여기서 기차를 타면 베를린까지 16~18일이면 닿을 수 있습니다.'

그러나 분단 후 경의선은 38선 이남에 있는 서울~개성 구간에서만 단축 운행되다가 6·25로 중단되고 말았다. 2007년 남북의 경의선·동해선 열차 시범 운행에 이어 문산~봉동 간 화물열차가 운행됐으나 이듬해 금강산 관광객 피격사망 사건으로 그마저 끊겼다.

2013년 6월 '남북 당국회담' 북측 대표단이 경의선 육로를 이용해 서울에 올 것이라는 보도가 나왔을 때 네티즌들이 "그러면 기차를 타고 온다는 거냐"며 의아해하기도 했다. 정치적 상황에 따라 막혔다 풀리기를 반복해온 경의선의 운명을 지켜볼 때마다 사연 많은 '길 위의 역사'를 다시 한 번 되새기게 된다.

서울역에서
베를린역까지
17일 만에 도착한
손기정 선수는……

염천교 수제화거리

제일제화, 굳이어제화, 신신댄스화, 이태리제화, 무도화전문, 가르방…….

서울역 옆 염천교에서 죽 이어지는 구두가게 이름들이 재미있다. 1층은 도소매 가게들이고, 2~4층은 대부분 구두공장이다. 이곳 사람들은 다양한 디자인의 신사화를 비롯해 살사댄스용 무도화 등 맞춤 구두를 전문적으로 만들어 판다.

구두 장인들의 경력은 20~30년. 나이는 대부분 60대 후반에서 70대 초반이다. 한때 지긋지긋한 가난에서 벗어나겠다며 구두 만드는 기술만 갖고 남미까지 건너가 소금밥으로 버티던 김정무 씨, 20년 뒤 100세 구두 장인으로 TV에 나오는 게 목표라는 팔순 노익장 박상식 씨의 인생 드라마도 이곳 염천교 수제화거리에서 시작됐다.

광복 후 미군들의 중고 전투화를 개조해 구두를 만들었으니 출발은 미약했다. 그러나 1970~1980년대에는 전국 물량을 이곳에서 거의 다 댈 정도로 번성했다. 개화기 '모던 보이'들의 로망이었던 구두는 고무신과 운동화에 이은 신발 혁명의 대명사다. 70년대 중반 수제화 한 켤레 값은 1만4000원이었다. 당시 50원이던 짜장면 280그릇과 맞먹었다. 80년대 명동을 중심으로 유행한 '싸롱화'는 얼마나 많은 멋쟁이들의 마음을 설레게 했던가.

수제화를 만드는 데는 1주일 정도 걸린다. 첫날 라스트(last·신발틀) 깎기, 이튿날 디자인, 3일째 패턴메이킹, 4일째 가죽 재단, 5일째 갑피(가죽 재봉질), 6일째 저부(가죽을 씌우고 굽을 부착), 7일째 품질검사의 순서다. 이런 공정을 거쳐 20만~30만원짜리 고급 맞춤화가 완성된다. 물론 이곳에서 가장 많이 팔리는 품목은 5만원 안팎의 일반 신사화다. 백화점에 들어가면 3~4배 값이 뛰지만, 여기서는 신사임당 한 장이면 충분하다.

성수동 수제화거리가 주로 여성용 구두를 만드는 데 비해 이곳 염천교에서는 남성용 구두를 더 많이 만든다. 하지만 제화산업 쇠퇴와 값싼 중국제품 때문에 가게 문을 닫는 사람이 하나둘 늘어났다. 현재 남은 건 100여 곳에 불과하다.

서울시와 중구가 염천교 수제화거리 활성화 방침을 잇달아 밝히면서 이곳의 활력이 점차 되살아나고 있다. 공동 브랜드를 개발하고 주말 구두마켓을 개설하며, 점포별 추억과 사람들 이야기를 담아 홍보도 체계화할 계획이라고 한다. 에스콰이아, 탠디 같은 유명 브랜드들이 이곳에서 출발했으니 구두거리의 역사와 상징성도 충분하다.

국내 첫 고가차도 아현고가도로

서울 아현동의 옛날 이름은 애오개다. 조선시대 학자 최만리가 살았던 만리재와 큰고개(대현동) 중간에 있었는데 고개가 작아서 애고개(아현·兒峴)로 불렸다가 아현(阿峴)으로 정착됐다. 마포나루에서 오던 짐꾼들이 '아이고' 하면서 고갯마루를 오갔기 때문이라는 얘기도 전해온다.

어떻든 이곳은 고갯길을 걸어 올라야 했던 언덕마을이었다. 그런데 뜻밖에 굴레방다리라고도 불린다. 왜 그럴까. 지금은 없어진 아현고가도로 아래 작은 개천에 놓였던 다리 이름에서 유래한 것이다. 김포 쌀장수들이 잠시 머물며 우마의 굴레를 벗기는 방(옛날의 동 이름)이라고 해서 그렇게 불렀다고 한다.

고개와 다리가 있던 마을 위로 국내 최초의 현대식 고가도로가 생겼고, 땅 밑으로는 지하철이 다니는 걸 보면 옛날부터 최고의 교통요지였던 것 같다. 아현고가도로가 개통된 것은 1968년 9월이었다. 당시 고가차도는 근대화의 상징이었다. 산업화 속에서 급팽창한 도시인구를 감당하는 혁신적인 인프라였다. 가난한 나라가 '아시아의 용'

으로 탈바꿈하는 과정을 보여주는 상징물이기도 했다.

1990년대까지 서울의 고가도로는 101개로 늘어났다. 청계고가(옛 3·1고가도로) 사진은 해외홍보물과 가요앨범 재킷에 실릴 정도였다. 한때 통금을 위반한 택시와 시민들의 대피로가 되기도 했던 고가도로는 이제 역사 속으로 하나둘 사라지고 있다.

46세로 최고령인 아현고가도 2014년 철거됐다. 1997년과 1999년 대대적인 수술을 받았지만 콘크리트가 벗겨지고 흔들림이 심해서 더 이상 노화를 이기지 못한 탓이다. 그 자리엔 중앙버스전용차로가 들어섰다.

그래도 없어지는 것들에 대한 아쉬움은 커서 아현고가의 추억을 되새길 마지막 기회가 주어졌다. 서울시가 아스콘 제거 공사 전날인 2014년 2월 고가 위를 걸어볼 수 있도록 걷기행사를 열었다. 모두들 굴레방다리 자리를 지나며 옛 기억을 떠올렸다. '큰 소가 길마(안장)는 모악산에 벗어놓고 굴레는 이곳에다 벗어놓고 서강으로 내려가다 와우산에 가서 누웠다'는 풍수 속설까지 더듬어 봤다.

국내 최초의 고가차도라는 역사성을 감안해 교량 이름 표지판 등 상징물은 서울역사박물관에 보존했다. 철거 과정을 담은 백서도 꼼꼼하게 남겼다니 그나마 다행이다.

1900년에 생긴 서대문역

서울 최초의 철도역은 지금의 서울역이 아니라 서대문역이었다. 경인선은 1899년 개통됐지만 한강 바로 앞 노량진에서 끊겨 한성까지 연결되지 못했다. 1900년 한강철교 완공으로 철도를 서대문까지 연장했을 때 생긴 역이 서대문역이다. 경인철도 개통식도 이곳에서 열렸다. 당시엔 서대문정거장이라고 불렀다. 지금의 지하철 5호선 서대문역 옆 의주공원에 '서대문정거장 터' 표석이 있다.

서대문의 원래 이름은 돈의문(敦義門)이다. 태조 때인 1396년 도성의 다른 문과 함께 건축했다가 태종 때 풍수지리설에 위배된다고 해서 폐쇄했다. 세종 때 새 성문을 쌓고 돈의문이라는 이름을 다시 붙였다. 이후 새문, 새문안, 신문로 등의 이름이 생겨났다. 1915년 일제 도시계획에 따라 철거됐는데 정동사거리에 '돈의문 터' 표지석이 남아 있다.

조선시대에는 이곳에서 시작하는 의주로를 통해 중국과 왕래했다. 중국 사신도 이 문으로 들어왔다. 임진왜란 때 선조가 의주로 몽진한 것도 이 문을 통해서였다.

근대에 들어서는 서양문물이 들어온 통로이기도 했다. 한때 장안을 떠들썩하게 했던 신파연극 '홍도야 울지 마라'가 적십자병원 건너편에 있던 동양극장에서 상연돼 초만원을 이뤘다.

지금은 호텔로 개축된 화양극장도 서대문의 문화 아이콘이었다. 전성기였던 1980년대에는 홍콩영화를 독점 상영하면서 숱한 일화를 낳았다. '예스마담' '영웅본색' '천녀유혼' 등 흥행작이 이어지자 심야표까지 매진되는 상황이 발생했다. 기다리던 관객들의 항의로 새벽 2시에 추가편성을 할 정도로 인기가 있었다고 한다. 홍콩 스타 왕조현과 장국영이 사인회를 열기도 했다.

인근 서대문 독립공원에는 독립문과 서대문형무소 역사관이 있다. 독립문은 1897년 조선이 청나라로부터 독립해 홀로 선다는 것을 상징하기 위해 영은문을 부수고 그 터에 지은 문이다. 서재필의 주도로 건립했는데 현판은 이완용의 작품이다. 그 옆에 있는 서대문형무소에는 독립투사들과 시인 정지용 등 조선의 저명인사들이 갇혔다.

반세기 전에 세워진 서대문고가차도는 역사 속으로 사라졌다. 서울시는 원래 고가차도 철거 후 돈의문을 원형대로 복원할 계획이었다. 이를 경희궁 서울역사박물관, 경교장(현 강북삼성병원), 서울성곽 등과 묶어 역사문화중심지로 개발할 방침이었다. 그러나 돈의문 복원은 예산과 원형 복원 등의 문제로 논란을 빚다 좌초되고 말았다. 이래저래 사연도 많고 굴곡도 많은 돈의문, 새문, 서대문이다.

홍대 경의선 책거리와 윤동주

경의선 책거리는 서울 지하철 홍대입구역 6번 출구에서 와우교까지 이어지는 250m 길이의 테마 거리다. 옛 철로를 걷어낸 자리에 녹지 공간을 조성하고 정조 시대의 책가도(冊架圖) 정신을 입혔다. 먼저 눈에 들어오는 것은 설치작품 '책 읽는 여자'와 '기타 치는 남자'다. 책과 음악의 향기가 넘치는 '홍대 문화'의 상징물이다.

이 거리에서는 '312일간 저자를 만나는 행사'가 매주 월요일(휴관)을 제외한 화~일요일 열린다. 출판사와 인쇄소 4000여 곳이 몰려 있는 '문화특구'답다. 열차 모양의 책방들과 '시민이 사랑하는 책 100선'이 새겨진 조형물, 옛 철도역을 재현한 미니 플랫폼도 눈길을 끈다. 공항철도역까지 연결돼 있어 개장 첫해부터 42만여 명이 다녀갔다.

이곳은 시인 윤동주와도 인연이 깊다. 스물한 살 때 연희전문(현 연세대)에 입학한 그는 기숙사에서 여기까지 산책을 다니곤 했다. 그때는 개울 위로 작은 다리들이 놓여 있다고 해서 '잔다리 마을'로 불렸다. 한자로는 '세교리(細橋里)'라고 했다.

옛 경의선의 세교리역과 서강역 사이에 자리한 와우고가차도 아래에 '책거리역' 간판이 세워져 있다. 그 옆에는 건널목 차단기가 내려갈 때 울리던 '땡땡' 소리를 딴 '땡땡거리'가 있다. 철길을 건너려는 가족과 차단기를 관리하는 역무원의 조각상이 정겹게 다가온다.

와우고가차도 위로 올라가면 책거리를 시원하게 내려다볼 수 있다. 야경이 가장 아름다운 곳이어서 밤마다 연인들이 많이 찾는 명소다. 낮에는 와우교 게시판에 적힌 '오늘 당신과 함께할 책은 무엇입니까?'라는 문구가 사람들의 발걸음을 멈추게 한다.

가을에는 대규모 축제가 열린다. 유명 저자들의 강연과 야외 낭송회, 음악공연 등 문화프로그램이 다채롭게 펼쳐진다. 바닥에 새겨진 키케로의 멋진 문장도 발견할 수 있다.

'책이 없는 집은 문이 없는 것과 같고, 책이 없는 방은 영혼이 없는 육체와 같다.'

시간이 남으면 길 건너 홍대입구역 3번출구 쪽의 연남동 경의선 숲길도 함께 즐겨보자. 뉴욕의 센트럴 파크와 닮았다 해서 '연트럴 파크'로 불리는 이곳의 가을 은행나무길이 장관이다.

윤동주 시인이 산책하던 길
작은 다리들이 있던 '잔다리 마을'

'펄떡펄떡' 노량진수산시장

노량진(鷺梁津)은 조선시대부터 한강진 · 양화진과 함께 서울 삼진(三鎭)의 하나로 이름났다. 백로(白鷺)가 노닐던 나루터라 해서 노량진이라 했다는데, 수양버들이 울창한 노들나루로도 불렸다. 오랫동안 충청도와 전라도로 향하는 간선로의 길목이었다. 1899년 개통된 경인선 철도의 시발지이기도 했다. 교통의 요지여서 길손이 그만큼 많았다.

지금의 수산시장은 1971년 서울역 인근 중림동에서 옮겨왔다. 나이로 따지면 어엿한 중년이다. 살림 규모가 커서 일하는 사람만 2000여 명이고 하루 오가는 손님은 3만 명을 넘는다. 외국 관광객도 넘친다. 온갖 해산물을 한자리에서 맛볼 수 있어서 인기다.

몇 년 전부터는 한결 더 깨끗한 환경에서 수산물을 즐길 수 있게 됐다. 지하 2층~지상 6층 규모의 현대식 시설로 이전했다. 그 옆에는 호텔, 컨벤션, 해양수산테마파크, 쇼핑시설 등을 아우르는 복합리조트가 들어서기 시작했다.

미국 시애틀의 명소인 파이크 플레이스(Pike Place)도 한때는 허름한 어시장이었다. 이곳이 유명해진 것은 '날아다니는 물고기'로 이름을 날린 생선가게 덕분이다. 베스트셀러 《펄떡이는 물고기처럼(Fish)》의 바로 그 집. 이 가게 종업원이던 일본 이민자 2세가 망해가는 가게를 이어받아 세계적인 경영혁신 모델로 키워낸 이야기에 사람들은 열광한다.

동서양을 떠나 시장에는 스토리가 많다. 일본 최대를 자랑한 도쿄 쓰키지(築地) 어시장은 에도시대 왕궁 진상품 등 400년 역사를 적극적으로 활용했다. 300년이 넘은 독일 함부르크 수산시장도 마찬가지다. 이탈리아의 베네치아 수산시장은 소박한 편이지만, 헤밍웨이가 자주 들렀다는 얘기로 관광객을 모은다.

노량진에도 숨은 이야기가 많다. 인근엔 사육신묘가 있고 《상록수》의 작가 심훈 생가가 있다. 가난한 대학생들에게 남몰래 장학금을 주는 젓갈 할머니의 사연도 뭉클하다. 《로마인 이야기》의 작가 시오노 나나미가 한강의 웅장함에 놀랐다고 했듯이, 우리에게도 세계인을 놀라게 할 만한 이야기는 많다. 문제는 구슬을 꿰어 보배로 만드는 일일 뿐.

백로가 노닐던 나루터

수양버들 울창한 노들나루

고교야구 명소 동대문운동장

동대문운동장 터는 원래 조선시대 훈련도감의 분원인 하도감(下都監)이 있던 곳이다. 훈련도감은 궁궐수비와 임금 호위를 맡은 정예부대로 지금의 수도방위사령부와 같다. 임진왜란이 터진 이듬해부터 고종 때까지 이곳에서는 쌀 6말의 월급을 받는 직업군인들이 날마다 무예를 닦았다.

그러다 1907년 대한제국 군대가 해산되자 황량한 폐허로 변했다. 망국의 아픔과 역사의 생채기를 함께 간직한 이곳은 1925년 또 다른 운명을 맞게 된다.

일제가 히로히토 일본 왕세자의 결혼식을 기념하기 위해 경성운동장을 세운 것이다. 이 과정에서 조선시대 성곽과 청계천의 이간수문 등 역사적 유물도 운동장 밑에 묻혀버렸다.

광복 후에는 서울운동장으로 이름이 바뀌었고, 1966년 야구장에 야간 조명시설이 설치된 뒤로는 조명탑 불빛 아래 결승전을 보러 온 야구팬들로 북새통을 이뤘다. 1970년대 고교야구의 명승부도 이곳에서 펼쳐졌다. 1984년 잠실종합운동장이 건립되자 동대문운동장으로 또 이름이 바뀐 뒤 점차 기능을 잃었고 숱한 논의 끝에 2008년 철거됐다.

운동장을 헐어내는 과정에서 서울성곽과 두 칸짜리 수문, 성벽 바깥의 치성(雉城) 등이 햇볕을 보게 됐고 이는 동대문역사문화공원으로 되살아났다.

2014년에는 그 자리에 '동대문디자인플라자 & 파크(DDP)'가 완공됐다. DDP는 세계적인 여성 건축가 자하 하디드의 곡선 설계로 화제를 모았다. 실물이 공개되자 '서울 한복판에 불시착한 우주선' '도심에 똬리를 튼 거대한 구렁이' 등의 품평이 이어졌다.

당시 시민들의 평가에는 탄성과 비아냥이 혼재돼 있었다. 철거 때의 논란이 남아 있었는지, 정치 성향에 따라 '세련미'냐 '인간미'냐의 논쟁까지 불거졌다. 프랑스 파리의 에펠탑이나 루브르박물관의 유리 피라미드 입구, 브라질의 생태도시 쿠리치바도 당시에는 여론의 반대가 많았으니, 변화에 따른 자연스런 진통인지 모른다.

개관기념으로 간송미술관의 국보급 작품들이 전시됐을 때는 무척 반가웠다. 해마다 길게 줄을 서야 했던 간송 소장품전을 여유롭게 감상할 수 있었기 때문이다. 2층에서 훈민정음 해례본과 탄은 이정의 '문월도(問月圖)' 5점, 겸재 정선의 '전신첩(傳神帖)' 등 최고 작품 80여 점을 만난 기쁨까지 덤으로 얻었다.

최초의 돔 실내체육관 장충체육관

'박치기 왕' 김일의 레슬링이 열리는 날이면 장충체육관 인근이 인산인해를 이뤘다. 1967년 헤비급 세계챔피언에 오를 때, 1975년 안토니오 이노키와 세기의 대결을 펼칠 때는 약수동까지 미어터졌다. 80년대에는 농구 스타들의 슛 대결을 보려는 팬들로 하루 종일 북적거렸다. 김기수가 한국 최초의 복싱 세계챔피언으로 등극한 곳도 장충체육관이다.

90년대 초까지는 규모를 표현할 때 '장충체육관의 몇 배'라는 식으로 했다. 스포츠뿐만 아니라 문화예술 행사도 자주 열렸다. 1989년과 1992년에는 MBC 대학가요제가 개최됐다. 잠실실내체육관이 생기기 전까지 최대 규모의 공연과 행사들이 열렸다. 세 명의 '체육관 대통령'이 선출된 장소이기도 하다.

원래는 1955년부터 육군체육관으로 쓰던 곳이었다. 그러다 서울시가 관리를 맡아 추운 겨울이나 야간에도 경기를 할 수 있도록 지붕을 씌웠다. 디자인 설계는 건축가 김정수가 하고, 당시 기술로는 실현하기 어려웠던 직경 80m 철골 트러스돔 설계는 미국에서 귀국한

최종완이 맡았다. 공사는 삼부토건이 하고, 감리만 미국 회사가 맡았다.

그렇게 해서 순수 우리 기술과 자본으로 만든 최초의 돔 실내체육관이 1963년 2월 탄생했다. 한때 필리핀이 지어줬다는 소문이 돌기도 했지만 이는 낭설이다. 아마 당시 경제기획원과 미국 대사관 건물 신축 때 필리핀 엔지니어들이 참여한 게 와전되지 않았나 싶다. 체육관 공사비는 서울시 예산과 국고로 충당했다. 이름도 이때 장충체육관으로 바뀌었다.

그러나 영화만 있었던 것은 아니다. 2007년 동대문야구장이 헐릴 때는 철거 위기에 몰렸다. 낡은 시설 탓에 수익이 나지 않아 의류 '땡처리 시장'으로 전락하기도 했다. 그런 장충체육관이 서울시의 리모델링으로 새 단장을 마치고 2015년 다시 개관했다. 전체 면적은 기존 8299㎡에서 1만1429㎡로 늘었고 건물은 지하 1층, 지상 2층에서 지하 2층, 지상 3층으로 커졌다. 좌석 수는 고급화 전략에 따라 4658석에서 4507석으로 줄었다.

첨단 시설로 거듭난 만큼 예약 문의도 많은 모양이다. 개장식에는 이곳을 프로레슬링의 성지로 만든 김일 선수의 유가족과 왕년의 스포츠 스타들을 초청했다. 한국 현대사와 함께 영욕의 세월을 온몸으로 견뎌온 장충체육관. 1955년 육군체육관으로부터 치자면 역사가 60년 이상인 우리의 문화유산이다.

아, 영도다리

'남한으로 갈라문 맨 끝탱이에 부산이란 데가 있다더라만, 살라문 거기로 가야 한다는 기야. 기라구, 거기에 가문 말야. 무신 다리가 있는데, 기린데, 그 다리가 하루에 두 번씩 벌커덕, 든다는 거야.'

윤진상 소설 《영도다리》의 주인공 부부가 훗날을 기약하며 하는 말이다. 이들의 애틋한 약속은 끝내 이뤄지지 않았지만, 6·25 때 피란민들은 너나없이 "헤어지면 부산 영도다리에서 만나자"고 했다.

왜 하필 영도다리였을까. 부산은 임시수도가 있는 최후의 보루였고, 영도다리는 배가 지나갈 때마다 상판 한 쪽을 들어 올리는 명물로 전국에 알려져 있었다. 그래서 생이별한 이산가족들이 재회하고 또 절망하며 서로를 부둥켜안았던 현대사의 현장이 됐다.

가수 현인의 '굳세어라 금순아'가 전 국민을 울린 이유도 마찬가지다. 이 노래에서 '일가친척 없는 몸'이 외로이 뜬 초승달을 바라보는 곳뿐만 아니라 '함경도 사나이' '추억의 영도다리' 등 20곡이 넘는 영도다리 노래에는 하나같이 '난간'이 등장한다. 고달픈 삶에 지쳐 희망줄을 놓아버린 사람들과 전쟁통에 가족을 다 잃은 사람들이 차가운 바다 속으로 몸을 던졌던 눈물의 난간…….

살아남은 사람들도 고단하기 짝이 없었다. 봉래산 언덕배기 '하꼬방'에서 밤새 깡통지붕을 만들던 노인, 탈색 바지에 러닝셔츠 바람으로 구제품을 팔러 다니던 중년 남자, 헐벗은 피란 청년에게 외상밥을 먹여주던 자갈치 아줌마…….

《북간도》의 작가 안수길은 손때 묻은 가방을 들고 영도다리를 지나 남포동 '자유세계' 편집실로 시인 김수영과 김종삼 등을 만나러 다녔다. 그가 피란생활을 그린 단편 '제3인간형'에는 영도에서 자줏빛 안개에 휩싸인 대마도를 보는 장면이 묘사돼 있다.

시인 김광균은 '부두엔 등불이 밝고/외국상선들 때맞춰 꽃고동을 울려도/손목잡고 밤샐 친구 하나도 없이/(중략)/영도다리 난간 이슬에 젖도록/혼자 서서 중얼거리니/먼 훗날 누가 날 이곳에서 만났다 할까.'(시 '영도다리')라고 읊었다.

이렇듯 수많은 사연을 간직한 영도다리는 1934년 완공 후 상수도관 설치와 교통난 때문에 상판 들어올리기를 멈춘 1966년까지 하루 7차례 사이렌을 울리며 오르락내리락했다. 이 다리가 48년 만에 다시 상판을 들어올렸다. 오랜 세월 '만남의 다리'이자 '이별의 다리'였던 역사적 명물이 되살아난 걸 보니 뭉클하다.

한때 외국 선원들이 판자촌 불빛을 보고 "전쟁 난 줄 알았는데 저렇게 큰 빌딩숲이 있다니…… 원더풀!" 했다던 영도 언덕배기에도 이젠 현대식 건물이 즐비하다.

해운대 달맞이길에 황금빛 노을이 지면

'해운대(海雲臺)는 산이 바다에 든 게 누에머리 같으며, 동백꽃이 땅에 쌓여 말발굽에 밟히는 게 3~4치나 된다.'(동국여지승람) '대 앞에 기암이 층층지고 곡곡으로 굽었는데 해천만리가 높이 열린 것 같아 흉금을 활짝 열고 만상을 접할 수 있더라.'(조엄의 '해사일기')

부산 해운대는 이들 기록처럼 원래 동백섬을 지칭하는 말이었다. 지금은 해안선을 잇는 달맞이길 일대와 언덕을 포함한 해변 전체를 일컫는다. '부산의 몽마르트르'로 불리는 달맞이길은 옛적부터 푸른 바다와 붉은 동백, 백사장과 소나무 숲이 어우러진 명소다. 달맞이(看月)고개와 청사포(青沙浦)에서 바라보는 저녁달의 운치가 일품이다.

해운대해수욕장을 지나 송정해수욕장으로 가는 와우산 중턱의 오솔길은 15차례나 굽어진다 해서 '15곡도(曲道)'라고도 한다. 정월 대보름날엔 달빛 젖은 바다의 정취를 즐기려는 사람들로 인산인해를 이룬다. 봄밤을 가로등처럼 밝히는 벚꽃의 화사함도 압권이다. 달과 꽃과 바다에 취한 연인들의 표정은 또 어떤가.

달맞이동산 해월정(海月亭)의 비석에는 춘원 이광수 시 '해운대에서'가 적혀 있다.

'누우면 산월(山月)이요 앉으면 해월(海月)이라/가만히 눈 감으면 흉중에도 명월(明月) 있다/오륙도 스쳐가는 배도 명월 싣고 가더라.'

오륙도의 고깃배들은 조용필 노래 '돌아와요 부산항에'에서 연락선으로 바뀌었다.

옛사람들은 석양을 지고 오륙도 쪽에서 돌아오는 어선들을 오륙귀범(五六歸帆)이라 해서 해운팔경의 하나로 꼽았다. 만선의 돛배 위로 갈매기가 날고 황금빛 노을이 바다를 물들이는 장면은 한 폭의 그림이다. 누운 소 형상의 달맞이 언덕에서 맞는 해넘이 역시 우산낙조(牛山落照)의 절경 그대로다.

달맞이언덕 일대의 화랑과 카페촌, 추리작가 김성종 씨의 추리문학관도 명소다. 신선한 해산물과 제철 횟감, 오래된 금수복국의 깊은 미감을 즐길 수 있는 맛집 순례까지 곁들이면 세상 부러울 게 없다. 젊은 날 객기에 젖어 달리던 그 길, 소금기 서걱거리던 그 모퉁이를 오늘은 어떤 청춘들이 손잡고 돌고 있을까.

이 아름다운 길의 산책로는 2015년에야 완전히 연결됐다. 몇 년 앞서 완공한 다른 구간과 달리 보도가 없는 84m짜리 다리(해송교)가 문제였는데 그 옆에 보행자 전용 다리를 건설했다. 전망대도 설치해 송정해수욕장 일대를 여유롭게 굽어볼 수 있도록 했다. 그 길 따라 다시 한 번 추억에 젖어보고 싶다. 아, 내 스무 살의 아스라한 풍경 속 옛길이여.

꽃송이 섬 오륙도

'오륙도 다섯 섬이 다시 보면 여섯 섬이/흐리면 한두 섬이 맑으신 날 오륙도라/흐리락 맑으락 하매 몇 섬인 줄 몰라라.' 이은상 시조 '오륙도'는 첫구부터 사람 마음을 흔든다. 맑고 흐린 부산 앞바다에 피어올랐다 가라앉는 저 꽃송이 같은 섬 오륙도.

비 오는 날이나 안개 낀 날의 아름다움은 더하다. 그래서 '취하여 바라보면 열섬이 스무 섬이/안개나 자욱하면 아득한 빈 바다라/오늘은 비 속에 보매 더더구나 몰라라//그 옛날 어느 분도 저 섬을 헤다 못해/헤던 손 내리고서 오륙도라 이르던가/돌아가 나도 그대로 어렴풋이 전하리라'고 노래했으리라.

오륙도(五六島)는 부산항의 입구이자 부산시를 상징하는 문장(紋章)이다. 육지에서 가까운 순으로 세찬 풍파를 막아주는 방패섬, 소나무가 있는 솔섬, 갈매기 노리고 독수리가 모여드는 수리섬, 모양이 뾰족하게 생긴 송곳섬, 커다란 굴이 있는 굴섬, 지형이 평탄해서 밭섬으로 불렸던 등대섬이 줄지어 서 있다.

섬 이름은 동쪽에서 보면 여섯 봉우리요, 서쪽에서 보면 다섯 봉

우리가 된다는 데서 유래했다. 영도에서 보면 다섯 개, 해운대 달맞이고개에서 보면 여섯 개로 보인다. 썰물 때와 밀물 때 그렇게 보인다는 설은 19세기 일본인이 잘못 기록한 것이라고 한다. 섬 주변 조류가 매우 빨라 뱃길이 위험해서 옛날엔 공양미를 바쳤다는 얘기도 전해진다.

풍광 좋기로 이름났지만 숱한 애환도 서려 있다. 조용필의 '돌아와요 부산항에'는 '오륙도 돌아가는 연락선마다 목메어 불러 봐도 대답 없는 형제'의 애달픈 사연을 노래했고, 은방울자매의 '현해탄을 건너올 때'는 '오륙도를 지나올 때 치던 그 물결 지금은 먼 바다로 흘러갔겠지 이국살이 설움 속에 받은 눈물을 현해탄에 뿌려볼 길 어이 없는가'라는 가사로 우리를 울렸다. 오륙도를 노래한 곡이 1950년대 차은희의 '한많은 오륙도'를 비롯해 17곡에 이른다.

어릴 때 먼발치에서만 보던 오륙도를 요즘은 유람선으로 가 닿을 수 있다. 낚시꾼보다 외국 관광객이 더 많은 날도 있다. 일출 장면을 찍으려는 '출사족' 또한 붐빈다.

동길산 시인은 '등대에다 대고 바다는/푸른 먹물로 행서를' 쓰고 그 글씨를 '물새가 들여다보곤 끄덕이다 간다'고 했는데, 흰 등대가 '한 자라도 놓칠세라/어둡다 싶으면 호롱불을 켠다'고 한 표현이 절묘하다.

그런 섬을 두 팔로 감싸 안은 이기대(二妓臺)와 신선대(神仙臺)까지 곁에 있으니 '그 옛날 어느 분도 헤던 손을 내릴' 만한 절경이다.

대구 김광석거리에서 나도 기타를

대구라고 하면 폭염부터 떠올리는 사람이 많았다. 분지 특성상 '대프리카(대구+아프리카)'로도 불렸으니 그럴 만했다. 지금은 달라졌다. 20여 년째 이어져 온 '나무 심기' 덕분이다. 길가에 줄지어 선 상록수와 울창한 공원숲이 여름 한낮 기온을 2~3도 낮췄다. 나무로 더위를 식힌 '푸른 대구'의 성공 사례는 다른 지자체의 벤치마킹 대상이 됐다.

대구에 관한 선입견 중 하나는 음식이다. '먹을 게 별로 없다'는 소릴 자주 들었다. 하지만 그것도 옛말이다. 막창구이를 비롯해 한우 생고기인 '뭉티기', 찜갈비, 대구 육개장 등 '10미(味)'를 자랑할 정도다. 대표 음식테마거리인 남구 안지랑 곱창골목에서는 돼지곱창과 막창, 서구 중리동 곱창골목에선 소곱창이 인기다. 평화시장 닭똥집 골목에도 젊은이들이 몰린다.

역사가 오랜 전통시장도 명소다. 서문시장과 방천시장 주변은 먹거리뿐만 아니라 볼거리로 전국 여행객을 사로잡는다. 서문시장은 조선 후기 삼남에서 가장 큰 시장이었다. 전국 3대 시장으로 꼽힐 정도로 물산이 풍부했다. 그만큼 교역이 활발했다. 요즘도 주단 포목을 비롯한 섬유제품 등 다양한 상품으로 소비자를 끌고 있다.

인근 남문시장에서 신천 방향으로 조금 가면 수성교 근처의 방천시장을 만날 수 있다. 광복 후 신천 제방을 따라 생겼다고 해서 방천시장이라 불린다. 한때 쇠락하는 듯하던 이 시장은 2009년 '김광석 거리'가 생기면서 활기를 되찾았다. 이곳에서 태어나고 자란 가수 김광석을 기리는 벽화와 노랫말, 기타 치는 모습의 동상까지 있어 많은 이들이 찾는다.

중구 남성로에는 국내에서 가장 오래된 약재시장인 대구약령시가 있다. 1990년 중반까지 전국에서 몰려든 한약재를 팔기 위해 약업사, 한약방, 제탕·제환원 등 한방 관련 업소 200여 개가 모여든 곳이다.

근대골목도 유명하다. 감영공원에서 북성로 달성공원으로 이어지는 곳에 1938년 이병철 삼성 창업주가 세운 삼성상회 터와 100년이 넘는 계산성당, 이상화·서상돈 고택 등이 있다. 대구는 6·25 때 다른 지역보다 피해가 크지 않아 역사적인 가치를 지닌 곳이 많다. 대중교통망이 좋아 도심투어도 편하다.

봄 여행주간에는 갖가지 행사가 열린다. 앞산전망대~수성못 등 야경이 뛰어난 곳에서 각종 할인 혜택도 누릴 수 있다. 약령시한방축제와 달구벌관등놀이, 동성로축제까지 함께 즐길 수 있으니 더욱 좋다.

방천시장길에서 이상화 시인 고택까지

서문시장 국수골목이 유명한 이유

대구 달성공원과 큰장 네거리 옆에 있는 대규모 전통시장. 조선시대 경상감영의 서쪽 문밖에 있다 해서 서문시장이라는 이름을 얻었다. 그 전엔 대구읍성 북문에 있었다. 임진왜란 후 관찰사가 기거하는 감영이 생길 때 서문으로 이전했고, 일제 때인 1922년 공설시장으로 지정되면서 지금의 자리에 터를 잡게 됐다.

조선 후기엔 삼남(충청·경상·전라) 최대 시장이자 평양장·강경장과 함께 3대 시장으로 불리며 교역 중심지로 이름을 날렸다. 6·25의 폐허를 딛고 대구에서 직물과 섬유 산업이 발전하자 포목 도·소매상이 몰렸고 전국 최대 시장으로 급부상했다.

이곳이 물류와 상업 중심지가 된 것은 무엇보다 교통의 편리함 덕분이었다. 낙동강을 통해 경상도의 물자와 남쪽의 해산물 등이 이곳으로 수송됐고, 철도 개설 후 일본에서 들어온 물자까지 모이면서 상업 요충지가 됐다. 대구가 영남 지방의 정치·경제적 허브 역할을 맡았다는 점도 작용했다.

더 결정적인 요소는 대동법이었다. 갖가지 특산물로 나라에 내던

공물을 쌀로 통일하게 됐으니 쌀 거래가 그만큼 늘었다. 대동법으로 납세 시스템이 바뀌고 쌀이 주요한 화폐 기능을 하면서 서문시장은 급성장했다. 시장이 서는 날은 영남 지역뿐만 아니라 서울, 평양, 전주, 광주 등 팔도 상인들이 찾아들었고 객주마다 보부상들이 넘쳤다.

1938년 삼성 창업자 이병철이 삼성상회를 연 곳도 이 부근이다. 국수 뽑는 제면기 소리가 밤새도록 돌아가던 이곳이 국수골목으로 유명해진 게 이런 까닭이다. 요즘은 칼국수와 수제비를 섞은 칼제비까지 인기를 끌고 있다.

서문시장의 점포는 4000여 개, 상인은 2만여 명에 이른다. 대구도시철도 3호선 개통과 전국 최대 규모 야시장, 글로벌 명품 프로젝트까지 합쳐 관광명소로 이름났다.

명성만큼 시련도 많았다. 전쟁 중인 1952년을 비롯해 1960년, 1961년, 1967년, 1975년 대형 화재를 겪었다. 2005년에도 전기합선으로 추정되는 큰불이 났다. 2016년에 또 화마를 입었다. 잦은 불로 보험료가 올라 화재보험에 가입하지 못한 상인이 많아서 더욱 발을 동동 굴렀다. 연말 특수 기대감에 부풀었다가 밤중에 날벼락을 맞게 됐으니 그들 심정이 오죽했을까.

그래도 시장 사람들은 강했다. 60여 년 새 일곱 번이나 불탄 그 곳에서 그들은 다시 일어섰다. 화마(火魔)도 재활 의지까지 불사르지는 못하는 모양이다.

제주 3무(無)?

제주 올레(골목길)는 ㄹ자형이다. 구불구불한 돌담을 따라 바람이 소용돌이친다. 여인들은 돌과 바람의 회오리춤 사이에서 소리 높여 외친다. “왕 방 갑서(와서 보고 가세요).” 사나운 바닷바람에 목소리가 묻혀버리는 걸 막기 위해서는 문장도 짧아야 한다.

돌 많고(石多), 바람 많고(風多), 여자 많은(女多) 삼다도(三多島). 돌은 한라산의 화산활동 때문에 많아졌다. 집 벽체와 울타리, 올레, 잇돌(디딤돌), 밭담, 어장도 모두 돌이다. 길돌 구들 위에서 태어나 산담 작지왓(자갈밭) 묘에 묻힌다는 말처럼 요람에서 무덤까지가 온통 돌밭이다.

바람이 많은 것은 태풍 때문이다. 계절풍이 지나는 길목인 데다 샛바람(남동풍), 마파람(남풍), 갈바람(서풍)이 세차게 불어제친다. 돌울타리를 쌓고, 나직한 지붕을 새(띠풀)로 얽어매며, 돌담으로 밭울타리를 두른 것도 이 때문이다.

여자가 많다는 건 통계가 아니라 직관 때문이다. 산과 들, 바다에서 일하는 여인들의 모습이 많이 노출된 데서 나온 말이다. 남자들이 조난당하는 경우가 많아 여자들이 일터로 나와야 하는 비극적인 역사도 작용했지만, 그보다는 물속 20m까지 오르내리는 제주 해녀의 억척스러움이 만들어낸 이미지다.

제주는 삼무(三無)의 섬으로도 불린다. 도둑과 거지, 대문이 없다는 얘기다. 척박한 환경을 개척하느라 근면·절약·상부상조를 미덕으로 삼았기에 도적질하거나 구걸하지 않고 집에 대문을 만들 필요도 없었다고 한다. 좁은 섬 안에서 서로 아는 처지라 나쁜 짓을 할 수도 없었을 것이다. 대문 대신에 외출 여부를 알려주는 긴 나무(정낭)를 걸쳐두는 게 고작이었다. 이것이 곧 '정낭의 미덕'이다.

원래 제주 삼다는 풍다(風多), 수다(水多), 한다(旱多)를 의미했다. 바람과 비가 많고, 현무암 토양 탓에 가뭄이 심해서 농사짓기가 어렵다는 말로 삼재(三災)를 뜻한다. 조선 세종 때 '제주 삼다'의 어려움을 들어 납세를 면해줬다는 얘기도 있다. 어쨌든 삼다는 제주의 어려운 환경을 집약하는 말이고, 삼무는 고난 위에 구축한 성취의 상징이다.

그런데 웬일인가. 최근 인구 대비 범죄율이 높아졌다. 자랑스런 '삼무의 전통'은 어디 가고 수치스런 '삼죄(三罪)의 오명'이라니…….
낯선 사람이나 외국 관광객이 급증한 탓일까. 정낭이 사라진 자리에 대문이 들어서고, 밭일 나가는 아낙의 허리춤에 열쇠가 달랑거리는 이유 또한 그래서인가. 삼다(三多) 삼무(三無)의 제주가 그립다.

대문 없는 골목길의 낭만 제주

chapter 2

음유시인
조르주 무스타키를
만난 날

"한국 관객 환호 평생 못 잊어"

'노래하는 시인' 조르주 무스타키를 만난 날을 잊을 수 없다. 그의 집은 파리 센강의 생 루이 섬에 있었다. 노트르담 성당이 마주보이는 생 루이 거리 26번지. 오래된 목조주택의 5층에 닿았더니 피아노 소리가 은은하게 흘러나왔다.

당시 그는 70을 바라보는 나이였지만 아주 젊어보였다. 낡은 청바지와 스웨터 차림으로 등받이 없는 의자에 앉아 조용조용 얘기를 나누는 은발의 음유시인. 부드럽게 물결치는 흰수염 사이로 홍조 띤 얼굴이 소년처럼 맑았다.

그의 목소리는 그윽하고 감미로웠다. 영혼의 현을 건드리는 특유의 음색은 깊은 우물에서 나오는 울림 같아서 여운도 길었다. 그의 인생 또한 그랬다. 그리스 국적인 그는 이집트의 알렉산드리아에서 유대인의 아들로 태어났다. 책방을 운영하던 아버지는 그에게 건축가가 되라고 권했지만 그는 음악과 시에 심취했다.

17세 때 파리 여행을 계기로 파리의 누나 집에 머문 그는 시인이자 서점주인인 매형 덕분에 시인과 샹송 가수들을 자주 볼 수 있었다. 나중엔 시인가수 조르주 브라상을 너무나 좋아해 본명인 주세페 무스타키를 조르주 무스타키로 바꿔버렸다.

그러나 가난은 지독했다. 스무 살에 결혼했다가 실패하고 벨기에 브뤼셀로 떠난 그는 돈이 없어 기타를 안고 술집을 떠돌았다. 파리로 돌아온 뒤에도 무명가수로 고생했다.

몽파르나스 클럽을 전전하던 그가 '샹송의 전설' 에디트 피아프를 만난 것은 스물세 살 때였다. 그는 피아프의 열정적인 사랑에 시적인 가사와 로맨틱한 곡으로 화답했다. 그렇게 탄생한 '밀로르'는 1950년대 말 전 세계를 사로잡았다.

하지만 그 사랑도 덧없이 끝나고 그는 혼자 떠났다. '이방인'으로 다시 스타가 되기까지 10년 세월을 고독하게 보냈다. 그의 샹송 300여 편은 이 같은 고독에서 잉태됐다.

한때 그리스 시를 번역하기도 한 그는 "어릴 때부터 시를 노래로 부르는 게 가장 좋았다"며 "시인 랭보와 보들레르, 베를렌을 특히 좋아한다"고 했다. 1980~1990년대 네 번의 내한공연 추억을 얘기하던 중에는 "부산 사람들의 열광적인 반응을 평생 잊을 수 없다"고도 했다.

센강을 내려다보며 "다시 한 번 한국 관객들을 만나고 싶다"던 그의 바람은 건강 때문에 끝내 이뤄지지 못했다.

그는 2013년 5월 23일 남프랑스 휴양도시 니스에서 79세로 세상을 떠났다. 고독한 그리스인이자 유대계 이집트인, 아랍인이자 프랑스인, 유목민이자 은둔자, 음유시인이자 철학자였던 그의 육성을 들을 수 없다니. 그러나 심야 라디오에서 무수히 흘러나오던 상송 '나의 고독'과 더불어 그는 영원히 외롭지 않을 것이다.

'난 결코 외롭지 않네, 고독과 함께 있으니……'

'가요계 혁명가' 이영훈

"굉장히 수줍어하는 그에게 곡을 좀 들려달라고 했다. 그가 마지못해 피아노를 연주하는데 첫 멜로디가 내 심장을 쳤다. 지금의 '소녀'였다. 나한테 곡을 줄 수 있느냐고 묻자 자기는 아마추어여서 히트도 안 될 거라며 겸연쩍어했다."

가수 이문세가 작곡가 이영훈을 처음 만났을 때를 회상한 장면이다. 이렇게 만난 두 사람은 곧 의기투합해 서울 수유리 자취방에서 밤을 새우며 작업했다. 6개월 만에 9곡을 완성한 뒤 이영훈이 "쉬운 노래를 하나 만들어보겠다"고 하더니 30분 만에 완성했다. 그게 '난 아직 모르잖아요'였다. 이문세 3집(1985) 타이틀곡이 된 이 노래는 지상파 TV의 '가요 톱10' 프로그램에서 5주 연속 1위를 차지했다. 음반은 150만 장이나 팔렸다.

한국 가요계에 밀리언셀러 시대를 연 3집에 이어 4집은 285만 장을 넘으며 당시 음반 판매량 역대 최다 기록을 경신했다. '광화문 연가'가 수록된 5집은 골든 디스크 3연패 기록을 세웠다. 이를 계기로 라디오 음악 방송에 일대 혁명이 일어났다. 팝송 일색이던 프로그램이 한국 가요 중심으로 바뀌었다.

이영훈의 서정적인 멜로디와 시적인 가사는 대중가요에 대한 인식을 완전히 바꿨다. 팝은 고급스럽고 가요는 저급한 것으로 취급되던 통념을 일거에 무너뜨렸다.

그는 작곡을 따로 공부하지 않고 혼자 힘으로 배웠다. 작업 방식은 강박에 가까웠다. 피아노 앞에 앉아 커피 40잔을 마시고, 담배를 네 갑씩 피우며 밤을 새웠다. 가사 하나를 쓰는 데 한 달 이상 끙끙거릴 정도로 완벽을 추구했다. 스스로 꼽은 최고의 작품 '슬픈 사랑의 노래'는 가사를 완성하기까지 10년이 걸렸다.

그는 아이디어를 얻기 위해 고궁을 자주 찾았다. 결혼 전 데이트도 창경궁, 경복궁, 비원 등 고궁을 돌면서 했다.

해외로도 눈을 돌렸다. 1992년 러시아로 가 모스크바의 볼쇼이극장 오케스트라와 함께 녹음하며 3개의 소품집을 냈다. 이 앨범들을 프랑스 칸에서 열린 세계 최대 음악박람회 미뎀(MIDEM)에 출품하며 한국 음악을 알리려고 애썼다.

2008년 세상을 떠난 그는 "천국에 가서도 곡을 쓰겠다"고 했다. 그가 마지막으로 작업하던 뮤지컬 '광화문 연가'는 2011년 첫 공연을 시작으로 전국적인 인기를 끌었다.

2018년 2월 27일에는 그의 10주기 헌정공연이 열렸다. 장소는 '눈 내린 광화문 네거리'의 세종문화회관이었다. 그와 함께 작업했던 이문세 한영애 윤도현 등이 출연했다.

'한국 팝 발라드'의 개척자인 그의 선율은 K팝 열풍으로 이어져 세계인의 마음을 녹이고 있다. 가장 부드러운 방법으로 가요계에 혁명을 일으킨 그의 음악을 오늘 다시 꺼내 듣는다.

이문세와 수유리 자취방에서 밤샘 30분 만에 작곡한 '난 아직 모르잖아요'로 한국 가요계 밀리언셀러 시대 열어

"조용필은 갈수록 노래를 잘해!"

숨이 멎는 것 같았다. 가슴을 저미는 듯한 창법으로 온몸을 전율케 하는 절규. '누가 사랑을 아름답다 했는가./ 누가 사랑을 아름답다 했는가.' 반복되는 후렴구를 듣는 순간 목이 메었다. 출구가 없던 1980년 봄. 무엇이 교복차림의 고등학생을 길 한복판에 주저앉아 울게 만들었을까.

'창밖의 여자'는 조용필이 대마초 사건으로 활동금지에 묶였다가 해금되자마자 내놓은 절창이다. 경기도 벽제 지구레코드 스튜디오에서 녹음했는데, 그가 작곡하고 부른 첫 노래였다. 방송국 PD들도 그가 작곡까지 하는 건 몰랐다고 한다. 이 노래가 수록된 정규 1집으로 그는 대한민국 최고의 가수 반열에 올랐다.

경동고 3학년 때 파주 용주골의 한 클럽 밴드에서 기타리스트로 시작한 가출학생이 어떻게 이런 성공을 거둘 수 있었을까. 살롱과 나이트클럽을 전전하던 그는 70년대 잠깐 떴다가 3년간의 은둔기를 보내야 했다. 그러나 좌절하지 않고 판소리와 민요창법을 익히며 득음의 경지에 올랐다. 삼천포 바닷가의 코끼리 바위에 숨어서 피를 토하

듯 연습하던 그를 봤다는 사람들도 있다. 그렇게 뼈를 깎는 과정을 거쳐 누구도 흉내낼 수 없는 목소리로 '킬리만자로의 표범'이 될 수 있었다.

2013년 4월, 그가 10년 만에 선보인 19집 앨범 '헬로'의 첫 곡 '바운스'가 음원 사이트에 오르자마자 차트 1위를 휩쓸었다. 신곡으로 가요차트 1위에 오른 것은 1991년 '꿈' 이후 22년 만이었다. '황제'의 목소리는 여전히 짱짱했다. 팬들은 "엄마한테 다운로드 받아 보내주려고 하다가 내가 팬 됨" 등의 찬사를 올리며 하루 종일 인터넷을 달궜다.

1980년대 '슈퍼스타'에게 열광하며 '오빠부대' 신조어를 만든 처녀들은 벌써 머리가 희끗해졌지만 그보다 한참 젊은 만화가 강풀도 "반복해서 듣는데 왜 눈물이 나는지 모르겠다"고 한 걸 보면 역시 '가왕(歌王)'이다.

통통 튀는 피아노 반주로 시작하는 리듬은 경쾌하고 부드럽다. 드럼과 어쿠스틱기타로 화음의 물결을 타고 가다 후렴구에서 30여 개의 코러스 트랙과 일렉 기타를 만나면 감동은 갑절로 뛰어오른다.

그는 일흔을 넘었지만 여전히 젊고 힘차다. 노래도 갈수록 좋아진다. 아르헨티나 사람들이 이미 고인이 된 전설적인 탱고 가수 카를로스 가르델의 노래를 들으면서 "가르델은 갈수록 노래를 잘한다"고 했다던가. 그의 신곡을 들으면서 모두들 한마디씩 했다. "조용필은 갈수록 노래를 잘해!"

첨밀밀, 인연이 있다면

중국의 개방 열풍에 많은 젊은이가 홍콩으로 몰려들던 1986년 봄. 푸른 인민복 차림의 순수 청년 소군(리밍·黎明·여명)이 홍콩에 도착한다. 고모의 다락방에 얹혀살며 배달 일을 하던 그는 맥도날드 가게 종업원 이요(장만위·張曼玉·장만옥)를 만나 가까워진다. 그녀 또한 돈을 벌기 위해 이곳에 온 '홍콩 드림'의 주인공이다. 그러나 둘의 사랑은 쉽게 이뤄지지 않고 이별과 재회만 계속한다. 결국 엇갈린 운명으로 각자의 길을 가는 두 사람.

이들의 안타까운 러브스토리를 다룬 영화가 천커신(陳可辛·진가신) 감독의 '첨밀밀(甛蜜蜜)'이다. 홍콩이 대륙으로 반환된 1997년 개봉한 이 작품은 그 해 '타임 선정 세계 10대 영화'에 올랐고, 덩리쥔(鄧麗君·등려군)의 경쾌한 주제가로 더 유명해졌다. 소군이 짐자전거 뒤에 이요를 태우고 달리면서 함께 부르던 그 노래. 꿀처럼 달콤하다는 뜻의 제목처럼 가사 또한 매혹적이다.

'달콤해요. 당신의 웃음은 아주 달콤해요. 봄바람 속에서 꽃이 피는 것처럼. 봄바람 속에 피는 꽃처럼. 어디서, 어디에서 당신을 만났

었죠? 당신의 웃는 얼굴이 무척 낯익어요. 지금은 생각이 나지 않네요. 아 꿈속이었군요. 꿈속에서, 꿈속에서 당신을 보았어요.'

명장면 중의 백미는 후반부에 나온다. 1995년 미국 뉴욕의 차이나타운. '아메리칸 드림'을 찾아 이곳까지 왔다가 추방될 뻔한 이요가 혼자 거리를 배회하는 동안 덩리쥔의 또 다른 명곡 '저 달이 내 마음을 대신하오'가 흐른다.

'그대는 물었었지, 그대를 얼마나 사랑하는지. 그대 생각해 보오, 그대 가서 보오. 저 달이 내 마음을 대신하오.'

부드러운 발라드의 여운이 잦아들 즈음 그녀가 가전제품 가게의 TV 앞에서 걸음을 멈춘다. 소군과 함께 그토록 좋아했던 덩리쥔이 갑자기 사망했다는 소식에 넋을 잃은 그녀. 잠시 후 그 옆으로 다가서며 뉴스에서 눈을 떼지 못하는 한 남자. 정신을 차린 그녀가 천천히 눈을 돌려 그를 발견하는 순간, 그 옛날의 '첨밀밀'이 화면을 적신다.

격동기 중국과 홍콩의 역사를 배경으로 한 이 영화는 젊은이들의 꿈과 사랑, 피할 수 없는 운명의 궤적 등을 아우르며 수많은 사람의 사랑을 받았다.

영화에서 주방장이 말한 대사 '유연천리래상회(有緣千里來相會) 무연대면불상봉(無緣對面不相逢)'은 《수호전》에 등장하는 명구다. '인연이 있다면 천 리 먼 곳에 있어도 만나지만, 인연이 없으면 얼굴을 마주하고서도 만나지 못한다'는 뜻으로 작품의 주제를 함축적으로 보여주는 구절이다.

동갑내기 손기정과 남승룡

1936년 8월 9일 베를린 올림픽 마라톤 결승선. 숨죽인 12만 관중 앞에 깡마른 동양 선수가 나타났다. 일본 식민지 조선의 손기정(孫基禎)이었다. 2시간29분19초로 '마(魔)의 2시간30분대'를 깬 신기록. 뒤이어 미국의 하퍼와 또 다른 조선인 남승룡(南昇龍)이 들어왔다. 우리나라 최초의 올림픽 금·동메달리스트가 탄생하는 순간이었다.

그러나 두 선수의 표정은 어두웠다. 시상대에서도 내내 고개를 떨궜다. 일장기가 오르고 일본 국가가 연주되자 손기정은 월계수 화분으로 가슴의 일장기를 가렸다. 월계수조차 없는 남승룡은 눈을 감아 버렸다. 그는 나중에 "히틀러가 손기정에게 준 월계수가 부러웠다"고 했다. 그것으로 일장기를 가릴 수 있었으니까.

이들의 눈물겨운 쾌거는 일제강점기 우리 국민에게 민족적 자부심을 일깨워줬다. 《상록수》의 작가 심훈은 감격해서 신문 호외 뒷면에 '오오, 조선의 남아여!'라는 즉흥시를 썼다.

'오오, 나는 외치고 싶다!/마이크를 쥐고 전 세계의 인류를 향해서 외치고 싶다!/"인제도 인제도 너희들은 우리를 약한 족속이라고

부를 터이냐!"'

두 청년은 1912년생 동갑내기에 양정고 동문이다. 1년 후배인 손기정은 평북 신의주에서 태어나 보통학교를 마친 뒤 중국 단둥(丹東)의 회사에 취직했다. 차비가 없어서 압록강 철교를 건너 20여 리 길을 매일 마라톤으로 출퇴근하던 소년. 스케이트 선수가 되고 싶었지만 가난해서 달리기밖에는 할 게 없었다. 보통학교 졸업반 때 어른들을 제치고 우승한 뒤로 13차례 마라톤에서 10회나 1위를 차지했다. 광복 후에도 1950년 보스턴 마라톤 감독으로 참가해 우리 선수들을 1·2·3위에 올리며 세계인의 주목을 받았다.

남승룡은 전남 순천 태생으로 친척 형이 운동회에서 일본 학생을 꺾는 모습에 반해 달리기를 시작했다. 마라톤에 일생을 걸기로 마음먹은 것은 보통학교 6학년 때 2위에 입상한 뒤부터다. 양정고 재학 중 하루 80~100㎞씩 닷새를 달려 고향에 간 적도 있다. 올림픽 대표 선발전에서 1위로 뽑혔으나 동메달에 그친 이후에도 달리기를 멈추지 않았다. 35세 때 보스턴 마라톤에 후배 서윤복 선수의 페이스메이커로 나서 그에게 금메달을 안겨주고 자신도 10위에 올랐다.

서울시가 중구 만리동 옛 양정고 자리의 손기정체육공원을 리모델링해 두 선수를 함께 기리기로 했다. 선의의 경쟁자이자 훌륭한 조력자였던 '비운의 2인자'를 재조명하려는 의미라니 더욱 반갑다. 1등만 기억하는 시대, 우리 주변의 숨은 '팀워크 영웅'들에게도 박수를 보내고 싶다.

경주역에서 처음 만난 목월과 지훈

'경주박물관에는 지금 노오란 산수유 꽃이 한창입니다. 늘 외롭게 가서 보곤 하던 싸느란 옥적(玉笛)을 마음 속 임과 함께 볼 수 있는 감격을 지금부터 기다리겠습니다.'

1942년 봄, 시인 박목월이 조지훈에게 보낸 답장이다. 둘은 같은 문예지 《문장》으로 등단했지만 얼굴을 몰랐다. '언제 한번 보자'는 지훈의 편지를 받고 목월이 경주로 초대했다.

목월은 한지에 자기 이름을 써서 들고 경주 건천역에서 지훈을 기다렸다. 당시 목월은 스물일곱, 지훈은 스물두 살이었다. 둘은 경주 시내 여관방에서 밤새워 문학과 삶을 얘기했다. 낮에는 불국사와 석굴암, 왕릉 숲길을 거닐었다.

그렇게 열흘 이상 어울린 뒤, 지훈은 경북 영양의 고향집에 들러 목월에게 고맙다는 편지를 보냈다. 문우(文友)를 위해 정성껏 쓴 시 한 편도 동봉했다. '목월에게'라는 부제를 단 '완화삼'이었다.

'차운 산 바위 우에 하늘은 멀어/산새가 구슬피 울음 운다.//구름 흘러가는/물길은 칠백 리//나그네 긴 소매 꽃잎에 젖어/술 익는 강

마을의 저녁노을이여.//이 밤 자면 저 마을에/꽃은 지리라.//다정하고 한 많음도 병인 양하여/달빛 아래 고요히 흔들리며 가노니…….'

주옥같은 시였다. 운율이 살아 움직여 편지 속으로 강물이 흘러넘치는 듯했다. 감격한 목월은 곧바로 화답시를 썼다.

'술 익는 강마을의 저녁노을이여-지훈'이라는 부제를 단 시 '나그네'가 그렇게 해서 탄생했다.

'강나루 건너서/밀밭 길을//구름에 달 가듯이/가는 나그네//길은 외줄기/남도 삼백 리//술 익는 마을마다/타는 저녁 놀//구름에 달 가듯이/가는 나그네.'

한창 물오른 두 '나그네'가 주거니 받거니 대구를 맞춘 시행(詩行)이 기막힐 정도다. '구름 흘러가는'을 '구름에 달 가듯이'로, '물길은 칠백 리'를 '남도 삼백 리'로, '술 익는 강마을의 저녁노을'을 '술 익는 마을마다 타는 저녁놀'로 받아냈으니 절묘하다.

둘의 만남은 광복 후 박두진과 함께 엮은 3인 시집《청록집(青鹿集)》으로 다시 한 번 빛났다. '완화삼'과 '나그네'가 나란히 실린 이 시집 제목은 목월의 시 '청노루'에서 딴 것이다. 이를 계기로 '청록파(青鹿派)'가 등장했다.

지훈은 1968년 5월 17일 세상을 떠났다. 10년 후인 1978년 3월 24일 목월이 그의 뒤를 따랐다. 그 옛날 두 사람이 처음 만난 그날처럼 올해 봄에도 '노오란 산수유 꽃'이 온 산을 물들이고 있다.

두 '나그네'의 브로맨스에서 청록파 탄생

"길이 없으면 만들며 간다" 교보 창립자 신용호

그는 잦은 병치레 때문에 학교 문턱도 가보지 못했다. 친구들이 초등학교 4학년 되던 해 입학하려 했지만 나이가 많고 정원이 찼다는 이유로 거절당했다. 정규 교육을 받지 못한 그는 '1000일 독서'를 작정했다. 3년 동안 도서관이나 친구, 하숙생들에게 빌린 책으로 독하게 공부한 덕에 그는 남들과 다른 지혜를 체득할 수 있었다.

교보생명과 교보문고 창립자인 신용호. 그에게는 책이 학교였고, 정신의 곳간이었으며, 사업 아이디어의 보고였다. 24세에 중국에서 곡물회사를 시작해 41세에 세계 최초의 교육보험 회사를 세우고, 64세에 세계 최대 서점(단일 층수)인 교보문고를 설립한 힘도 모두 책에서 나왔다.

그의 궤적은 일본 '경영의 신' 마쓰시타 고노스케와 닮았다. 마쓰시타는 "가난했기에 어릴 때부터 온갖 일을 하며 경험을 쌓았고, 허약했기에 운동을 더 열심히 했으며, 못 배웠기에 모든 사람에게 물어보고 배울 수 있었다"고 했다. 초등 4학년 때부터 화로가게와 자전거포, 전등회사에서 일하던 그가 23세에 창업해 굴지의 기업을 일구고

85세에 미래 인재를 키우는 마쓰시타 정경숙을 세운 걸 떠올리면 더욱 그렇다.

교보생명의 '진학보험'은 전쟁 후의 궁핍한 한국 사회에 연간 10만여 명의 입학금과 학자금을 마련하게 해줬다. 그렇게 자란 인재들이 경제개발의 주역을 맡았다.

그가 서울 종로1가 1번지에 교보문고를 개장한 것은 1981년. 비싼 땅에 아케이드를 조성해 돈 벌 생각하지 않고 서점을 짓는다고 반발하는 임원들을 설득하며 밀어붙인 결과였다.

그는 매일같이 교보문고 매장을 돌며 다섯 가지 지침을 마련해 직원들에게 실천하도록 했다. △모든 고객에게 친절하고 초등학생에게도 반드시 존댓말을 쓸 것 △책을 한 곳에 오래 서서 읽는 것을 절대 말리지 말고 그냥 둘 것 △책을 이것저것 빼보기만 하고 사지 않더라도 눈총 주지 말 것 △책을 앉아서 노트에 베끼더라도 말리지 말고 그냥 둘 것 △책을 훔쳐 가더라도 도둑 취급하여 절대 망신주지 말고 남의 눈에 띄지 않는 곳으로 가 좋은 말로 타이를 것. 이 5대 지침이 곧 교보의 창립 정신이다. '사람은 책을 만들고 책은 사람을 만든다'는 그의 명언도 여기에서 나왔다.

교보문고가 창립 35돌을 맞은 2015년 다시 한 번 변신에 나섰다. 가장 눈에 띈 것은 길이 11.5m의 대형 나무책상 두 개였다. 이곳에서 100여 명이 편하게 앉아 책을 볼 수 있게 했다. 서가 곳곳에도 작은 테이블과 소파, 벤치를 놓았다. 엄마와 아이가 함께하는 키즈가든, 꽃 향기 가득한 플라워존, 미술 전시장인 교보아트스페이스도 새로 만들었다.

아날로그 감성의 정취를 되살리는 손글씨 쓰기, 필사 테이블, 시 한 편 밥 한 끼 이벤트 역시 보기 좋은 혁신 사례였다.

이 같은 교보의 혁신 릴레이는 신용호 창립자의 전기 제목《길이 없으면 길을 만들며 간다》와도 닮았다. 그 길을 하루 평균 4만여 명의 방문객들이 함께 간다.

염상섭 옆자리 비워둔 이유

누가 놓고 간 걸까. 봄볕이 따사로운 서울 광화문 교보문고 입구, 벤치에 한쪽 팔을 두르고 앉은 염상섭 동상 곁의 도시락 꾸러미. 책을 사서 나오며 다시 보니 오호라! 김밥을 나눠 먹으며 낄낄대는 장난꾸러기, 그림책을 넘기면서 까르륵거리는 여자아이, 그 모습을 카메라에 담으며 연신 함박웃음을 짓는 부모……. 세상에서 가장 아름다운 모습이었다.

소설가 염상섭 동상은 원래 생가 근처인 종묘공원에 있었다. 1996년 '문학의 해'에 조각가 김영중 씨가 교보생명·교보문고 후원으로 만들었는데, 종묘공원 정비 과정에서 삼청공원 약수터로 이전했다가 2014년 이곳으로 옮겨 왔다.

그의 옆자리는 양쪽 다 비어 있다. 비스듬히 다리를 꼬고 앉은 왼편으로 두어 사람, 오른쪽으로 한 사람쯤 들어가 앉으면 맞춤하다. 무릎 위에 올려놓은 오른손에는 책이 한 권 쥐어져 있다. 지독한 가난 속에서도 눈망울을 반짝거리던 아이들에게 읽어주려던 것일까. 서른둘에 늦장가를 가서 아들 둘, 딸 둘을 얻은 그였다.

그 빈자리에는 누구나 앉아 쉴 수 있다. 하지만 반세기 전 세상을 떠난 한국 근대문학 거봉의 염원으로 보자면 그 자리의 첫 번째 주인은 미래의 독자인 아이들이 좋겠다. 이마에 혹이 난 그의 얼굴 위로 봄 햇살만큼 화사한 아이들의 웃음소리가 퍼지는 풍경은 생각만 해도 행복하다. 아이들을 공신(工神·공부의 신)이 아니라 독신(讀神·독서의 신)으로 키우는 건 우리 모두의 꿈이기도 하다.

다음으로는 현역 작가들이 그 자리에 앉으면 좋겠다. 실험실의 해부용 개구리 같은 현실에 가슴 아파하며 3·1운동 직후의 시대상을 냉철하게 묘사했던 그보다 더 치열하게 고민 중인 우리 작가들. 그가 《삼대》를 통해 구세대·과도기·신세대의 갈등과 봉건지주·개화·자본주의의 지층까지 보여준 게 벌써 3세대나 지났다.

그 역사의 나이테 위에 우리가 새로 새겨야 할 작품은 무엇일까. 한국 문학의 미래를 밝힐 21세기판 《삼대》가 그 자리에서 나온다면 더 없이 기쁜 일이다. 해마다 4월 23일은 유네스코 지정 '세계 책의 날'이다. 대문호 셰익스피어와 세르반테스가 세상을 떠난 그날, 우리가 염상섭 동상의 반짝이는 빈자리에서 새로운 문학의 역사를 쓴다면 얼마나 좋은가.

또 하나, 유쾌하고도 발칙한 아이디어. 대통령을 초대하는 것이다. 그 자리에서 아이들에게 책을 읽어주는 대통령이라……. 다른 나라 대통령이 아이들과 함께 책 읽는 모습을 볼 때마다 참 부러웠다. 바쁘기로 으뜸가는 미국 대통령도 틈틈이 교실이나 정원에서 동화를 읽어주며 친밀감을 높이고 미래 세대의 꿈을 북돋아 주곤 한다. 우린

들 왜 안 되겠는가. 1년 동안 책을 한 권도 읽지 않는 국민이 열 중 셋이나 된다는데, 창의성과 상상력도 책에서 나오는 것인데…….

나아가 이곳에서 책 낭독모임이나 시 낭송회를 여는 것도 괜찮을 것 같다. 교보빌딩 앞 야외공원에서 '시가 있는 봄' 시화전을 열어도 좋다. 프랑스 파리의 봄시 축제처럼 말이다.

염상섭 동상 옆에는 '사람은 책을 만들고 책은 사람을 만든다'는 교보 창립자의 글귀가 새겨져 있다. 이렇듯 거창한 문구가 아니면 또 어떤가. 책 읽고 생각 근육을 키우는 일은 저마다 마음속의 빈자리에서 출발하는 것이다.

생각 근육을 키우는 것은
마음속 빈자리에서 출발한다.

교토에서 만난 정지용·윤동주·바쇼……

일본 교토 시내를 남북으로 관통하는 유서 깊은 강 가모가와(압천·鴨川), 천년 고도의 역사와 문화를 보듬고 흐르는 교토의 젖줄…… 그리 넓지 않은 강의 양쪽 옆구리로 늦가을 단풍잎이 하늘거리며 떨어진다.

이 강의 중상류 서쪽에 정지용과 윤동주가 유학한 도시샤(同志社)대학이 있다. 두 시인을 기리는 시비도 교내에 있다. 여기서 조금 더 가면 미시마 유키오 소설 《금각사》로 유명한 킨카쿠지(金閣寺)가 나온다. 강 동쪽에는 '하이쿠의 아버지' 마쓰오 바쇼가 머물렀던 곤푸쿠지(金福寺)의 바쇼안(芭蕉庵)이 있다. 바쇼를 흠모했던 '하이쿠 3대 시인' 요사 부손의 묘비도 이곳에 있다. 동네 아래로 내려오면 고즈넉한 '철학의 길'과 긴카쿠지(銀閣寺)가 이어진다. 모두가 문학의 향기로 가득한 곳이다.

도시샤대학은 19세기에 지은 서구식 건물의 기독교계 사립대다. 고풍스런 캠퍼스가 한가롭다. 지용은 모교인 휘문고보 교비 장학생으로 이곳에서 1923년부터 1929년까지 영문학을 공부했다. 그는 학교와 하숙집을 오가는 동안 강변에서 '부질없이 돌팔매질하고 달도 보고 생각도 하고 학기시험에 몰려 노트를 들고 나와 누워서 보기도' 하며 시를 썼다.

'압천(鴨川) 십리ㅅ벌에/해는 저물어…… 저물어……'로 시작하는 시 '압천'을 비롯해 '카페 프란스' '바다' '갑판 위' 등을 여기서 썼다. 동료들과 함께 밤비를 맞으며 찾아가던 카페 프란스의 흔적은 이제 찾을 수 없다.

하지만 '이국종(異國種) 강아지' 앞에서 '나는 나라도 집도 없단다./대리석 테이블에 닿는 내 뺨이 슬프구나!'라며 비애를 삭이던 그의 시혼은 강물 따라 면면히 흐르고 있다. 그의 시구처럼 강은 10리(4㎞) 넘게 도심을 적시며 남쪽으로 휘돌아나간다. '향수'에 나오는 고향 옥천의 실개천처럼.

윤동주도 이 강변에서 상념에 잠기곤 했다. 그는 정지용보다 20년 뒤 도쿄에 있는 릿쿄대학에 들어갔다가 선배 시인의 자취를 따라 도시샤로 옮겨왔다. 얼마 안 돼 사상범으로 체포된 뒤 2년 형을 받고 후쿠오카 형무소에 갇혔다가 광복 6개월 전 안타깝게 세상을 떴으니 기구하기 짝이 없다.

두 사람의 시비는 대학 교정에 10m 거리를 두고 나란히 앉아 있다. '압천'과 '서시'가 새겨진 시비 앞의 꽃과 메모들이 한낮의 햇살을 받아 반짝인다. 강변 동쪽으로 더 가면 윤동주의 옛 하숙집이 있던 교토조형예술대가 나온다. 이곳에 또 다른 동주의 시비가 있다.

곤푸쿠지의 바쇼안도 여기에서 지척이다. 예술작품처럼 아름다운 정원 덕분에 일본인이 많이 찾는 곳이다. 바쇼가 쓴 하이쿠는 2000여 편. 17음절의 짧은 시에 생의 본질을 녹여낸 시성의 목소리가 옆에서 들리는 듯하다.

'놀라워라/번개를 보면서도/삶이 한 순간인 걸 모르다니!' 같은 절창은 영혼을 두들겨 깨운다. 그를 흠모해 이곳으로 온 요사 부손의 '비 내리네/옛사람의 밤 역시/나 같았으리'라는 시는 또 얼마나 눈부신가.

시인 정지용의 휘문고 시절

"이젠 어쩌나. 벌써 몇 달째 월사금을 못 냈는데……."

휘문고보 1학년 정지용의 걱정이 깊어졌다. 고향 옥천에서 간간이 오던 돈이 끊겨 더 이상 학교를 다닐 수 없게 됐으니 앞길이 막막했다. 한때 한약상을 경영한 아버지는 홍수로 집과 재산을 다 잃은 뒤였다.

그 전에도 옥천보통학교 4년을 다닌 게 학업의 전부였다. 한숨짓는 그를 옆에서 지켜보던 한 친척이 은행에 급사로 취직시켜줬다.

한 달 후 정신이 번쩍 났다. "이렇게 살다가는 내 신세가 아주 가루가 나겠어." 그는 선생님을 찾아가 사정을 털어놨다. 깜짝 놀란 선생님은 그를 데리고 이사장실로 가 학적부를 펼쳐보였다. 그의 성적은 1학년 88명 중 1등이었다. 이사장은 "이렇게 우수한 아이가 돈 때문에 학교를 그만두게 할 수는 없다"며 교비생(校費生·장학생)으로 학업을 계속할 수 있게 해줬다.

극적으로 복학한 정지용은 밤낮을 가리지 않고 공부했다. 문예활동도 활발하게 했다. 그런 지용을 교사들과 학생들 모두 좋아했다.

그는 학우들과 동인지 《요람(搖籃)》을 발간하며 시를 썼다. 이때 발표한 시가 훗날 《정지용 시집》 3부에 수록된 동시 작품의 절반 이상을 차지했다.

2학년 때는 《3인》이라는 소설도 발표했다. 학생회와 동문회 연합 모임인 '문우회' 학예부장이 돼 교지 《휘문》을 창간했다. 여기에 아시아 최초의 노벨문학상 수상자인 인도의 타고르 시 '기탄잘리' 1~9장을 번역해 실었다. 다른 번역물도 2편 실었다. 고교생으로서는 놀라운 일이었다.

그는 3년 선배인 홍사용, 2년 선배인 박종화, 1년 선배 김윤식, 1년 후배 이태준 같은 문우들과 함께 이름을 날렸다. 그렇다고 문약한 책상물림만은 아니었다. 1919년 3·1운동 때는 동맹휴학 사태를 주도해 무기정학을 당했다. 선배들의 중재로 구제돼 간신히 졸업한 그는 인사차 들렀다가 이사장의 권유로 일본 유학길에 올랐다. 이번에도 교비생 자격이었다.

일본 교토의 도시샤(同志社)대 영문과에서 6년간 공부하고 돌아온 그는 휘문고에서 17년 동안 후배들을 가르치며 모교에 보답했다.

영어과 교사로 일한 시기는 그에게 제2의 휘문 시대였다. 이 무렵은 '고향에 고향에 돌아와도/그리던 고향은 아니러뇨'로 시작하는 그의 시 '고향'처럼 암울한 때였다.

그런 시대의 아픔 속에서 그는 후학을 가르치는 틈틈이 창작에 몰두했다. 첫 시집 《정지용 시집》과 둘째 시집 《백록담》을 출간하고, 조지훈 박두진 박목월 등 청록파를 문단에 추천한 것도 휘문고 교사 시절이었다.

1945년 광복과 함께 이화여전(현 이화여대) 교수로 자리를 옮길 때까지 그는 학생으로 5년, 교사로 17년 등 22년을 휘문고와 함께했다.

휘문고 교정 잔디밭에 있는 정지용 시비에는 그가 27세에 쓴 시 '향수'가 새겨져 있다. '그곳이 차마 꿈엔들 잊힐 리야.'

학비 대 주고 유학까지 시켜 준
모교에서 영어 교사로 17년 보은

육첩방에서 쓴 동주 최후의 시

2017년 12월 30일은 윤동주 시인의 100번째 생일이었다. 하필 한 해의 끝자락에 태어났기 때문일까. 그의 삶도 벼랑끝처럼 아슬아슬했다. 1917년 혹한의 북간도에서 나 암흑의 시대와 맞서다 광복을 6개월 앞두고 28세에 후쿠오카 형무소에서 생을 마감했다.

그가 마지막으로 남긴 시의 제목은 뜻밖에도 '쉽게 씌어진 시'다. 서정시를 쓸 수 없는 시대의 슬픔을 반어적으로 표현한 것이리라. 일본 경찰에 체포되기 1년 전에 쓴 이 시는 '창밖에 밤비가 속살거려/육첩방(六疊房)은 남의 나라.//시인이란 슬픈 천명인 줄 알면서도/한 줄 시를 적어볼까'로 시작한다. 첫머리부터 나라 없는 청년의 고뇌가 짙게 묻어난다.

'땀내와 사랑내 포근히 품긴/보내 주신 학비 봉투를 받아//대학 노트를 끼고/늙은 교수의 강의 들으러 간다.//생각해 보면 어린 때 동무를/하나, 둘, 죄다 잃어버리고//나는 무얼 바라/나는 다만, 홀로 침전하는 것일까?//인생은 살기 어렵다는데/시가 이렇게 쉽게 씌어지는 것은/부끄러운 일이다.'

진짜 속내는 다음에 나온다. '육첩방은 남의 나라/창밖에 밤비가 속살거리는데,//등불을 밝혀 어둠을 조금 내몰고,/시대처럼 올 아침을 기다리는 최후의 나.//나는 나에게 적은 손을 내밀어/눈물과 위안으로 잡는 최초의 악수.'

남의 나라 외딴 방에서 그는 '무얼 바라', '홀로 침전'했던 것일까. 식민지 유학생으로 어두운 시대를 견디는 '슬픈 천명'에 가슴이 미어졌을 것이다. 한없이 가라앉는 '침전'의 밑바닥에서도 그는 희망을 준비했다. '등불을 밝혀 어둠을 조금 내몰고/시대처럼 올 아침을 기다리는' 자세가 그것이다.

어쩌면 '아침을 기다리는 최후의 나'에서 곧 닥칠 비극을 예감했는지 모른다. 하지만 그는 이마저도 '눈물과 위안으로 잡는 최초의 악수'로 내면에서 승화시키고 싶어했다.

이 시를 쓴 시기는 일본 도쿄의 릿쿄대(立教大)에 입학한 1942년 6월 3일이다. 육첩방은 다다미 여섯 장(六疊)을 깐 좁은 방(약 3평)을 말한다. 그는 도쿄 변두리 2층집의 작은 방에서 하숙했다. 그해 10월 교토 도시샤대(同志社大)에 편입한 그는 이듬해 7월 14일 체포됐다. 여름방학 때 고향에 가려고 기차표를 사놓고 짐도 다 부친 상태였다. 이 시는 그가 숨을 거둔 지 2년 만에 정지용 시인의 소개로 국내에 알려졌다.

동주의 흔적은 교토와 후쿠오카 등 여러 곳에 남아 있다. 도시샤대 교정과 하숙집이 있던 자리인 교토조형예술대에 그의 시비가 있다. 체포되기 한 달 전 학우들과 소풍 가서 사진을 찍은 우지(宇治)시의 우지천(川) 옆에도 2017년 시비가 세워졌다.

그러나 도쿄에서 교토로 옮겨간 뒤 그의 시는 한 편도 발견되지 않았다. '쉽게 씌어진 시' 이후 그는 시를 전혀 쓰지 않았던 것일까. 늦은 밤 술자리나 경찰에 쫓기는 중에도 틈틈이 시작 메모를 했던 그가 1년 넘게 아무것도 쓰지 않았다는 건 믿기 어렵다.

그는 구치소와 감옥에 있을 때에도 자신의 '불온 작품'을 일본어로 번역해 내라는 순사의 독촉을 받았다. 그러니 연필과 종이가 곁에 있었을 것이다. 죽기 전 감옥 벽에 못자국으로라도 흔적을 남겼을 동주가 아닌가.

아쉽게도 형무소는 옮겨가고 없지만, 그의 또 다른 유작이 어디선가 우리의 손길을 기다리고 있을지 모른다. 이제라도 그의 미발표 원고를 발굴하는 일에 적극적으로 나서야 한다. 한·일 양국에서 펼쳐진 탄생 100주년 행사에서도 새로운 발굴 소식이 없어 안타까웠다.

민음사에서 '문청' 꿈 이룬 박맹호

그의 부음을 듣고도 실감이 나지 않았다. 영원히 문학청년으로 우리 곁에 있을 것 같았던 박맹호 민음사 창립자.

"아, 지금 비행기에서 내리자마자 전화하는 거예요. 기내에서 몇 번이나 읽었는데 그 기사 제목 우리 책 광고 카피로 써도 좋겠다 싶어서……."

늘 전화기 너머로 들려오는 그의 목소리는 '문청(문학청년)'이고 '출청(출판청년)'이었다. 그는 "젊은 문학 담당 기자와 통화할 땐 더 청춘이 된다"며 좋아했다. 내 첫 시집은 꼭 자기가 내야 한다며 원고를 독촉할 때도 그랬다. "벌써 몇 년째야. 너무 묵히면 원고가 늙으니 빨리 줘요."

그때가 엊그제 같은데 벌써 시간이 이렇게 흘렀다. 그러고 보니 그는 긴 세월 동안 변함없는 현재진행형 문청이었다. 그는 충북 보은 비룡소에서 자랄 때부터 문학을 꿈꿨다. 그 고장에서 가장 세금을 많이 내는 사업가 부친의 만류에도 불구하고 '돈 안 되는' 책에만 매달렸다.

경복중학교를 오갈 땐 삼각지 로터리의 대동서점을 자기 집처럼 드나들었다. 대학 시절 소설 당선에 이어 한국일보 신춘문예에도 붙었지만 정치 풍자가 지나치다는 이유로 낙선된 뒤, 그는 창작에서 출판으로 선회했다.

민음사 등록허가증이 나온 건 서른세 살 때인 1966년. 사무실이 없어 처남이 운영하던 광화문의 '전일사'라는 전화 판매점에서 출발했다. 의자도 없이 전화만 겨우 받을 뿐, 편집과 교정 작업은 집에서 했다. 몇 달 지나지 않아 돈이 바닥났다. 그러다 번역서 《요가》가 빵 터졌다. 순식간에 1만5000여 권이 팔렸다. 이후 청진동 세진빌딩 4층으로 옮겨 본격적으로 출판에 나섰다.

그러나 '첫 대박' 이후 내리막길에 들어 빚더미에 앉았다. 그런 중에도 '세계 시인선'과 '오늘의 시인 총서'를 냈다. 일어판 중역이 아니라 전공자 완역에 원문까지 실었다. 대성공이었다. 국내 시인들의 시집은 날씬한 판형의 국판 30절 크기로 냈다. 이는 한국 시집의 표준이 됐다.

민음사를 종합대학 정도의 아카데미 허브로 키우고자 대우재단과 함께 '대우학술총서'를 시작해 16년간 424권을 내기도 했다. 대우그룹이 와해되면서 밀린 제작비 수천만 원 대신 자동차를 받는 아픔도 겪었다.

신문에 5단 통 광고, 전면 컬러 광고를 처음 낸 주인공 또한 그다. 그것도 신문 서평을 활용해 핵심 내용을 알리고자 했다.

2005년 간 이식 수술 후 그는 "삶에 임하는 자세가 더 적극적으로 변했다"며 트위터를 배우는 등 젊은 감각을 놓치지 않았다.

그런 청년의 감각으로 "오늘도 새벽에 신문들을 정독하고 출근할 시간을 기다린다"던 그가 2017년 84세로 세상을 떴다. "'완성된 인간'은 책 없이 불가능하고, 출판은 각자 자신의 공화국을 만들어가는 행위"라며 51년 동안 지식과 지혜의 공화국을 일구던 그가 《책》이라는 한 글자 제목의 자서전을 남기고 총총히 떠나갔다.

'완성된 인간'은 책 없이 불가능하고,
출판은 각자 자신의 공화국을 만들어가는 행위

안중근 어머니 조마리아

'그 어머니에 그 아들(是母是子)'이라고 했던가. 안중근 의사(1879~1910)의 어머니 조마리아(1862~1927)는 아들만큼 당차고 강한 어머니였다. 천주교 세례 전 본명은 조성녀(趙姓女). 사람들은 이들 모자를 보며 "범이 범을 낳았다"고 말했다. 조마리아는 안중근의 하얼빈 의거 직후 일본 헌병대의 무차별 취조에도 눈 하나 깜짝하지 않았다.

"중근이는 러·일전쟁 이후로 밤이나 낮이나 말을 하든 일을 하든 오직 나라를 위해 몸을 바칠 생각뿐이었다. 국채보상운동 때도 온 집안에 의연금을 내게 했고, 가내 생활에서도 매사에 정정당당을 모색했던 진실한 애국자였다."

1910년 2월 14일 일제가 안중근에게 사형을 선고하자 "이토 히로부미가 많은 우리 국민을 죽였으니, 이토 한 사람을 죽인 게 무슨 죄냐"며 "일본 재판소가 외국인 변호사를 거절한 것은 무지의 극치"라고 항의했다. 그러나 죽음을 앞둔 아들을 차마 볼 수 없어 면회는 가지 못하고, 뤼순 감옥으로 형을 면회하러 가는 동생들에게 마지막 당부를 전했다.

"네가 항소를 한다면 그것은 일제에 목숨을 구걸하는 짓이다. 네가 나라를 위해 이에 이른즉 다른 마음먹지 말고 죽으라. 옳은 일 하고 받는 형이니 비겁하게 삶을 구하지 말고 대의에 죽는 것이 어미에 대한 효도다."

다른 사람을 통해서는 "네가 국가를 위해 이 지경에 이르렀으니 죽어도 오히려 영광이나 우리 모자가 현세에 다시 만나지 못하는 것이 참으로 안타깝다"고 했다. 대의를 위한 기상과 아들을 향한 모정이 눈물겹게 교차하는 일화다.

안 의사 순국 이후엔 두 아들과 함께 연해주로 망명했다가 상하이로 옮겨 임시정부경제후원회를 창립하는 등 평생 독립운동에 매진했다. 독립신문은 1920년 1월 30일자에 "안중근 의사의 모친은 거의 쉬는 날 없이 동쪽으로는 블라디보스토크, 서쪽으로는 바이칼호수에 이르기까지 분주하게 뛰었다"고 보도했다.

항일운동 중 일찍 타계한 남편(안태훈)과 아들 3형제(안중근·정근·공근), 손자(안원생·낙생·춘생 등)까지 3대가 독립운동에 투신한 집안. 그 토양을 가꾸고 씨를 심고 물을 주며 오늘의 역사를 일궈낸 여장부 조마리아는 1927년 7월 15일 66세로 세상을 떠났다. 상하이 프랑스 조계 만국공묘(萬國公墓)에 묻힌 유해는 도시 개발 와중에 찾을 길이 없게 됐다. 그나마 국가보훈처가 2017년에 '7월의 독립운동가'로 선정했으니 늦게라도 다행이다.

서소문공원에서 순교자 정약종과

점심을 먹고 시간이 나면 길 건너에 있는 서소문공원을 산책하곤 한다. 경의선 철길 옆의 이 소담한 공원에 커다란 탑이 하나 있다. 높이 15m의 주탑과 13m의 좌우 대칭인 두 탑으로 이뤄진 '서소문 밖 순교자 현양탑'이다. 이곳에서 신유박해(1801년) 이후 참수 당한 수많은 천주교인들을 기려 가톨릭 서울대교구가 세운 것이다.

왼쪽 탑에는 성인 반열에 오른 성(聖) 정하상 바오로 등 순교성인 44명의 명단이 새겨져 있다. 모두들 기해박해(1839년)와 병인박해(1866년) 때 희생된 사람들이다.

오른쪽 탑엔 아직 성(聖)자가 붙지 않은 순교자 명단이 적혀 있다. 최초의 천주교 박해인 신유박해 때 순교한 이들이 대부분이다. 그 중 맨 위에 정약종 아우구스티노라는 이름이 보인다. 정하상 바오로는 그의 작은아들이다. 큰아들 정철상 가롤로와 딸 정정혜 엘리사벳 이름도 있다.

정약종은 다산 정약용의 바로 윗형이다. 4형제 중 가장 늦게 천주교에 입교했지만 한국 최초의 평신도단체 회장을 맡았고, 체포된 뒤에도 배교를 거부하고 참수를 택했다.

그의 집안은 곧 천주교의 역사이자 순교의 역사다. 형제 중 첫째인 약현의 부인은 최초의 천주교 신자로 알려진 이벽의 누이이니 이벽은 약현의 처남이고, 사위는 황사영 백서사건의 주인공인 황사영이다. 이들 형제의 누이는 첫 세례자 이승훈의 부인이고, 한국 최초의 순교자 윤지충은 외사촌이다. 그야말로 19세기 출구 없는 조선 사회에서 새로운 가치를 찾아나선 희망의 가족사요, 피로 물든 천주교 잔혹사의 주인공이다.

약종은 1791년 제사를 거부하고 신주를 불사른 '윤지충 사건'을 계기로 교회를 떠난 둘째형 약전, 동생 약용과 달리 신앙에 더욱 몰입했다. 황사영의 백서(帛書)에 '신해년 박해 이후에 형제나 친구들로서 여전히 천주교를 믿는 사람은 거의 없었으나, 정약종만 홀로 조금도 동요되지 않았다'는 기록이 나온다. 약종의 부인과 자녀들도 다 순교했으니 가히 모든 것을 바친 일생이었다.

약종을 포함한 초기 순교자 124위가 2014년 복자(福者·성인 전 단계)로 추대됐다. 시복식은 광화문광장에서 프란치스코 교황 주례로 열렸다.

1984년 방한했던 요한 바오로 2세가 우리 땅에 입을 맞추며 한 말이 떠오른다. "순교자의 나라, 순교자의 땅……."

결혼 60주년에 떠난 정약용

그날은 그의 혼인 60주년이 되는 회혼일(回婚日)이었다. 1836년 4월 7일(음력 2월 22일), 조선 최고 실학자이자 과학자·공학자·시인·저술가인 다산 정약용이 경기도 양평 마현리(현재의 능내리)에서 영면했다.

강진 유배 18년을 비롯해 굴곡진 그의 생애가 남한강 물빛에 어른거렸다. 슬하의 6남3녀 중 4남2녀를 잃고, 천주교 박해로 수많은 피붙이를 잃고, 애끓는 배교(背敎)의 슬픔에도 굴하지 않던 조선 실학의 대가가 이 땅을 떠났다.

예순에 유배지에서 돌아온 뒤 묘지명까지 미리 써놓고 마지막 열정을 태우던 그였다. 자찬 묘지명에서 그는 '악당들이 기뻐 날뛰며 유언비어와 위태로운 말을 지어내 듣는 자들을 미혹시키는' 세상을 안타까워하며 '지난날을 거두어 정리하고 생을 다시 시작하려 한다'고 썼다.

그의 삶은 파란만장했다. 주자학을 절대시하며 논쟁만 일삼는 현실에서 경세치용과 이용후생으로 나라를 개혁하려다 숱한 모함과 누명을 써야 했다. 유교 경전에 대한 새로운 해석으로 주자학적 세계관을 근본적으로 혁신하려는 그를 봉건세력은 가만두지 않았다. 노론을 비롯한 반대 세력이 그의 사후 130여 년이 지날 때까지 숙적으로 삼을 정도였다.

그의 국가개혁 목표를 한마디로 요약하면 부국강병(富國强兵)이다. 그는 오랜 세월 왜곡된 조선의 유학을 거부하고 유학의 근본으로 돌아가자고 주장했다. 신유학(新儒學)이 조선 봉건사회의 모순을 극복하는 지름길이라고 믿었기 때문이다. 주자의 이기론(理氣論)을 전면 거부하고, 고증과 경세(經世), 목민(牧民)의 참뜻으로 재출발해야 나라와 백성이 윤택해진다는 것이었다.

《경세유표》에서 통치 · 상업 · 국방의 중심 도시를 건설하고 토지를 개혁하며 세제, 군제, 신분제도까지 고치자고 한 것도 같은 맥락이다.

가난에서 벗어나기 위해 상공업을 진흥하고 기술을 개발해야 한다고 강조한 것도 그였다. 수원 화성 건축 때 거중기를 고안해 비용을 절반 이하로 줄이면서 이를 입증해 보였다.

그런 다산의 사상은 당대에 다 실현되진 못했지만 실사구시의 정신으로 면면히 이어져 오고 있다. 남한강변 능내리에 그의 생가와 무덤이 있다.

다산이 영암군수에게 준 7계명

다산 정약용이 강진 유배 중이던 1814년, 친구 이재의가 영암군수인 아들을 위해 목민관의 자세에 관한 글을 적어 달라고 부탁했다. 다산은 일곱 개 항목에 걸쳐 '영암군수 이종영에게 주는 글(爲靈巖郡守李鍾英贈言)'을 지어줬다. 첫 대목에 쓴 고사성어가 '육자염결(六字廉訣)'이다.

중국 소현령(蕭縣令)이 부구옹(浮丘翁)에게 고을을 잘 다스리는 법을 묻자 부구옹이 '육자비결'을 알려줬다. 먼저 청렴할 염(廉)자 세 개를 주며 재물·여색·직위에 적용하라고 했다. 나머지 글자를 물었더니 또 '염·염·염'이었다. 청렴해야 공직생활이 투명하고, 위엄이 있어 백성이 따르며, 강직해서 상관이 가벼이 보지 않는다는 뜻이다.

다산은 이어 윗사람과 아랫사람 대하는 법을 가르쳐줬다. "상관의 위협과 아전의 농간에 휘둘리지 않으려면 자리와 월급에 연연하지 말라." 사심이 없어야 한다는 말이다. 이 또한 청렴과 직결된다.

세 번째와 네 번째는 공정형벌이다. "백성에게 해를 끼친 민사(民事)는 최고로 엄한 상형(上刑), 나랏일에 소홀한 공사(公事)는 중형(重

刑), 고을 일에 게으른 관사(官事)는 하형(下刑)으로 처벌하되 목민관의 사적 업무를 서투르게 처리한 사사(私事)는 무형(無刑)으로 다스리라." 예나 지금이나 공사 구분이 뚜렷해야 기강이 선다. 못난 수령들은 반대로 한다.

다섯 번째와 여섯 번째는 아전 통솔법이다. 토착 세력에 농락 당하지 않으려면 사정을 면밀히 파악하고 현장 확인 후 검증 결과를 대조하는 등의 업무 시스템을 확립하라는 것이다. 마지막은 재정 운용이다. "없는 것을 퍼주겠다는 허세보다 (백성에게) 빼앗지 않는 것이 낫다. 반드시 수입을 헤아려 지출하라."

다산은 '7계명' 외에 이종영이 함경도로 옮겨갈 때 '목민관이 두려워해야 할 네 가지'도 일깨워줬다.

"아래로는 백성, 위로는 감찰기관, 그 위로는 조정, 더 위로는 하늘을 두려워해야 하는데 대개 감찰기관과 조정만 무서워할 뿐 백성과 하늘을 두려워하지 않는다."

다산의 《목민심서》 72조항 역시 '공렴(公廉·공정과 청렴)'이라는 두 글자로 압축된다. 그가 공직에 나섰을 때도 '공정과 청렴으로 정성을 다하겠다(公廉願效誠)'는 시구로 출사표를 던졌다.

200여 년 전 그의 가르침은 선거 때마다 뽑히는 인물들의 공직 지침이자, 투표장으로 향하는 유권자들의 선택 기준이기도 하다.

60세까지 무명이었던 표암 강세황

그는 어려서부터 재능이 뛰어나 예닐곱 살 때 이미 시를 지었다. 서예에도 능했다. 13~14세 땐 그의 글씨를 얻어 병풍을 만들려는 사람들이 줄을 섰다. 그림 그리는 재주는 더 탁월했다. 그러나 과거조차 볼 수 없었다. 할아버지와 아버지가 예조판서를 지낸 명문가이지만 역모 혐의로 집안이 풍비박산났기 때문이다.

'시서화 삼절(詩書畵 三絶·시서화에 모두 능한 사람)'로 추앙받는 18세기 문인화가 표암(豹菴) 강세황(1713~91). 그는 한국적인 남종문인화를 정립한 거두다. 그러나 60년이나 무명으로 지내야 했다. 환갑 때에야 첫 벼슬에 올랐는데 그것도 최하위직인 능참봉이었다.

이후 영조의 총애를 받으며 호조참판과 병조참판을 거쳐 지금의 서울시장에 해당하는 한성부 판윤을 세 번이나 역임했다. 72세 때 청나라 건륭제 80세 생일잔치에 사신으로 다녀오며 문인화의 품격을 드높였고, 76세에도 금강산 유람 후 실경사생을 남겼다.

그를 '예원(藝苑)의 영수'로 키운 건 재야에서 흘린 땀과 눈물이었다. 당시 트렌드였던 진경산수화를 거부하고 남종문인화를 택한 것은 비운의 환경 때문이라고들 하지만, 궁극적으로 그를 성장시킨 건 진취적이고 실험적인 '열린 감성'이었다. 그는 남종화를 바탕으로 다양한 화풍을 수용했고, 그때까지 따로따로 그리던 사군자도 한 벌로 맞춰 그렸다. 서양화법을 최초로 응용한 것도 그였다.

그의 탄생 300주년 때인 2013년 간송미술관이 연 '표암과 조선남종화파전'에는 관람객이 구름처럼 몰렸다. 전시회에는 그의 작품 18점과 그에게 영향을 받은 김홍도, 김득신, 신윤복, 신위 등 20여 명의 작품 70여 점이 걸렸다. 국립중앙박물관 특별전에서는 그의 대표작인 자화상 등 40여 점이 두 달 동안 전시됐다.

그의 자화상을 보면, 관모를 쓰고 평복을 입은 기묘한 모습이다. '이름은 조정의 벼슬아치가 되어 있으되 마음은 산림(山林)에 가 있다'고 한 그의 인생이 함축돼 있다. 그러나 그의 마지막은 굴곡졌다. 맏아들이 탐관오리로 지목받아 귀양갔다가 목숨을 끊자 그 충격을 이기지 못하고 며칠 만에 생을 마감했다.

우리가 예술 속의 고통과 기쁨에 공감하며 울고 웃는 건 그것이 인생과 닮았기 때문인지도 모르겠다.

독학 건축가 안도 다다오

세계적인 건축가 안도 다다오(安藤忠雄). 오사카 변두리에서 태어난 그는 외할머니 손에서 자랐다. 중학교 때 집을 고치러 온 젊은 목수를 만난 뒤 건축에 관심을 가졌다. 공업고등학교를 겨우 졸업하고 대학은 꿈도 못 꿨다. 건축과에 들어간 친구들 어깨너머로 교과서 제목을 알아내 밤낮으로 읽고 또 읽었다. 4년 배울 양을 1년 만에 독파했다.

배운 걸 함께 나눌 친구가 없어 괴로웠다. 불안과 고독이 밀려왔다. 아르바이트로 돈을 모아 유럽으로 떠났다. '근대 건축의 아버지' 르 코르뷔지에를 만나고 싶었다. 프랑스에 도착하기 전 그가 세상을 떠나는 바람에 보진 못했다. 그 길로 세계를 떠돌았다. 거의 굶으면서 다녔다.

고향으로 돌아와 작은 건축사무소를 열기 전까지 그랬다. 그에게는 '독학'과 '답사여행'이 곧 스승이었다. 그 길에서 '건축을 진정으로 이해하는 방법은 오감으로 공간을 체험하는 것'이라는 사실을 몸으로 터득했다. 자격증은 나중에 땄다.

대학 문턱에도 못 가본 독학 건축사에게 일이 저절로 들어올 리가 없었다. 직접 찾아나서는 수밖에 없었다. 그렇잖아도 공터만 보면 손이 근질거리고 설계안이 떠올랐다. 수없이 퇴짜를 맞은 끝에 오사카의 '스미요시 연립주택' 설계를 땄고, 이것으로 일본건축학회상을 받았다. 그 뒤로 공공건물과 교회, 절, 미술관을 지으며 조금씩 이름을 알렸다. 그 과정에서 그가 최우선으로 삼은 것은 자연과의 조화였다. 인간과 자연의 만남, 빛과 그림자의 조화, 고요와 명상의 접점에서 건축미의 본질을 발견했다. '물의 교회'와 '물의 절' '빛의 교회' '지카쓰 아스카 역사박물관' 등이 그렇게 탄생했다. 그 유명한 '예술섬' 나오시마의 지추(地中)미술관과 이우환미술관도 마찬가지였다. 그의 트레이드 마크인 노출콘크리트 역시 이런 철학 위에서 '누드 건축'이라는 새 장을 열었다.

그는 "명상적 초월의 이면에는 누구보다 엄격한 치열성과 긴장감이 필요하다"고 강조한다. "자기 삶에서 빛을 구하고자 한다면 먼저 눈앞에 있는 힘겨운 현실이라는 그림자를 직시하고 그걸 뛰어넘기 위해 나아가야 한다."

대학 졸업장조차 없이 예일, 하버드에 이어 도쿄대 교수가 된 것도 이 덕분일 것이다.

그의 작품은 우리나라에도 있다. 제주도의 지니어스 로사이(현 유민미술관), 글라스하우스, 본태박물관과 강원 원주 한솔뮤지엄, 서울 재능문화센터 등 다섯 군데가 넘는다. 서울 마곡지구에 들어서는 LG 아트센터도 그가 설계했다.

400여 년 전 셰익스피어와 세르반테스

대문호 셰익스피어와 세르반테스의 인생에는 공통점이 많다. 어린 시절의 가난과 고생, 파란만장한 삶, 죽은 뒤에 더 유명해진 이름, 같은 날 나란히 세상을 떠난 점 등이 비슷하다. 생애의 많은 부분이 수수께끼로 남아 있는 것까지 닮았다.

셰익스피어는 1564년 잉글랜드 중부의 시골 마을에서 태어났다. 정확한 출생일은 알려지지 않았고 4월 26일의 유아세례 기록만 남아 있다. 아버지가 가죽제품 공장을 운영하는 중산층이었으나 곧 몰락했다. 그 바람에 13세 때 학업을 중단했다. 20대 중반에 런던으로 진출해 30대에 극작가로 이름을 얻기까지 숱한 고생을 했다. 이후 52세에 타계할 때까지 37편의 작품을 썼지만 그의 전작이 온전히 출간된 것은 죽은 지 7년 뒤였다.

세르반테스는 셰익스피어보다 17년 앞선 1547년 9월 29일 스페인 수도 마드리드 근처의 작은 마을에서 났다. 아버지는 의사였지만 경제적으로 무능해 전 재산을 차압당했다. 소년 세르반테스는 떠돌이 신세가 됐다. 군에 자원해 여러 전장을 전전했지만 레판토 해전에서 왼손을 다쳐 평생 외팔이로 지냈다. 그의 대표작 돈키호테는 58세 때인 1605년에야 빛을 봤다.

이렇듯 비슷한 삶의 궤적과 달리 작품 주인공의 성격은 거의 반대다. 셰익스피어의 '햄릿'은 우유부단과 비극의 대명사이지만, 세르반테스의 '돈키호테'는 저돌적인 행동과 유머의 상징이다. 12세기 덴마크 왕가의 복수극과 17세기 스페인 촌부의 해학극은 400여 년이 지난 지금도 인간유형의 양극단을 대변한다.

인간을 햄릿형과 돈키호테형으로 나눈 것은 러시아 작가 투르게네프이지만, 우리 모두 그중 하나이거나 중간 지점에 있다. 요즘은 우물쭈물 망설이는 선택장애, 결정장애 등 햄릿 증후군을 '메이비(maybe) 세대' '글쎄요족'으로도 부른다. 지나친 의존증에서 벗어나 키호티즘(Quixotism =돈키호테적 태도)을 되찾으라는 조언도 자주 들린다.

두 사람은 공교롭게도 1616년 4월 23일, 같은 날에 생을 마감했다. 유네스코가 이날을 '세계 책의 날'로 정한 것도 이 때문이다. 이들의 400주기였던 2016년에는 세계 곳곳에서 기념행사가 이어졌다. 영국에서는 셰익스피어 기념주화까지 나왔다.

한국에서도 연극 뮤지컬 무용 출판 등 거의 모든 분야가 들썩였다. "햇빛이 비치는 동안에 건초를 만들자"는 세르반테스의 명구는 지금도 수많은 사람들의 가슴을 흔든다.

"햇빛이 비치는 동안에 건초를 만들자."

수녀원으로 간 세르반테스

스페인 마드리드에 있는 돈키호테 동상은 의외로 평범했다. 긴 창을 들고 말에 오른 그의 곁으로 나귀를 탄 산초 판사의 모습도 보였지만 소설 속의 해학적인 면모는 별로 느껴지지 않았다. 그 뒤에는 높다란 원주 위에서 이들을 내려다보는 세르반테스 조각상이 앉아 있다. 오른손엔 책을 들고 있다. 그런데 왼손은 옷으로 가려져 있다. 왜?

그제야 레판토 해전이 생각났다. 그는 가난에서 벗어나기 위해 군인이나 성직자가 되기를 꿈꿨다. 스물세 살 때인 1570년 이탈리아 추기경을 따라 로마로 간 그는 군인이 됐다. 이듬해 터키 오스만제국 함대와 맞붙은 레판토 해전에 참가했다. 그 싸움에서 세 발의 총탄을 맞았다. 가슴에 맞은 두 발은 급소를 비켜갔지만 왼팔은 평생 쓸 수 없게 됐다.

그의 인생은 격랑 속의 난파선 같았다. 건강을 회복한 뒤에도 스페인 왕에게 보내는 추천장을 지니고 귀국하다 해적들에게 잡혀 알제리에서 5년간이나 노예생활을 해야 했다. 그가 지닌 추천장 때문에 몸값이 천정부지로 뛰는 바람에 잡혀 있는 기간도 길어졌다. 네 번이나 탈출을 시도했다가 다 실패해 모진 고통을 받았다.

어렵게 사는 가족들이 백방으로 뛰며 푼돈을 모았지만 어림도 없었다. 그 사이에서 중재 역할을 하던 삼위일체 탁발수녀원도 애가 탔다. 결국 수녀들이 주변 상인들에게 도움을 청한 끝에 간신히 추가 금액을 마련해 그를 구해냈다. 그가 이스탄불로 강제 이송되기 직전이었다.

이 드라마틱한 사건 이후 그는 수녀원 일이라면 무엇이든 발 벗고 나섰다. 프란치스코 수도회 재속회원으로도 가입했다. 필생의 역작인 《돈키호테》를 완간한 이듬해인 1616년 68세로 숨진 그는 유언에 따라 이곳에 묻혔다. 수녀원 지하에 그의 부인도 함께 묻혔다. 그러나 그의 묘지는 수녀원 확장 공사와 재건축이 이어지면서 4세기 동안 잊혔다.

2015년부터 유골발굴팀에 의해 그의 흔적이 하나씩 드러나기 시작했다. 수녀원 지하에서 부서진 왼팔뼈와 총알에 손상된 가슴뼈, 6개밖에 남지 않았다고 기록된 치아 등이 발견됐다. 그가 숨진 지 399년, 《돈키호테》를 완간한 지 400년 만이었다.

궁핍을 벗기 위해 군인과 성직자의 길을 원했던 그가 전장에서 얻은 것은 상처뿐인 영광이었다. 비록 죽어서라도 그를 구해준 수녀원 울타리 안에서 영원히 잠들 수 있었으니 한 가지 소원은 이룬 셈일까.

제인 오스틴의 첫사랑……'오만과 편견'

영국 BBC의 '지난 1000년간 최고 문학가' 조사에서 셰익스피어에 이어 2위를 차지한 영국 여성작가 제인 오스틴. 그녀는 1775년 영국 남부 햄프셔주 스티븐턴에서 목사의 딸로 태어났다. 어려서부터 글재주가 뛰어나 가족과 이웃의 사랑을 받았다. 15세부터 단편소설을 썼다. 편지 쓰는 것도 즐겨 평생 3000여 통을 보냈다.

첫사랑은 스물한 살 때 만난 아일랜드 청년 톰이었다. 둘은 거의 결혼 직전까지 갔다. 그녀는 언니에게 보낸 편지에서 '신사답고 잘생기고 유쾌한 청년'이라며 '내일이면 청혼받을 것 같다'고 썼다. 하지만 톰 가족의 반대로 결혼은 무산됐다. 이 상처를 안고 쓴 소설이 《첫인상》이다. 모든 출판사로부터 거절당한 이 작품은 17년 후인 1813년에야 《오만과 편견(Pride and Prejudice)》이란 제목으로 빛을 봤다.

이 작품의 인세는 고작 110파운드였다. 저작권까지 넘겨야 했기 때문에 같은 해 2쇄를 찍었지만 더 이상 돈은 못 받았다. 2년 앞서 발표한 소설 《분별력과 감수성(Sense and Sensibility)》으로는 140파운드를 받았지만 제작비를 지급해야 했다. 그렇게 평생 받은 인세는 710

파운드에 불과했다. 《오만과 편견》 속의 주인공 엘리자베스 아버지의 연수입이 2000파운드, 언니 제인의 남자 빙리의 연수입이 4000파운드인 걸 보면 초라한 액수다. 엘리자베스의 남자 다아시는 연간 1만 파운드를 벌었다고 나온다.

작품으로는 어느 정도 성공했지만 경제적 자립을 이루기엔 턱없이 부족했다. 당시는 여성이 경제적 이유로 결혼하던 사회였다. 이런 분위기에 반기를 든 그녀는 평생 독신으로 살았다. 한때 옥스퍼드대 출신 부잣집 남자에게 청혼을 받아 승낙한 적도 있지만 고심 끝에 하루 뒤 번복했다. 소설의 해피엔딩과는 정반대였다. 다아시가 '오만'하다는 '편견' 때문에 구애를 거부하다 첫인상보다 속마음이 중요하다는 사실을 깨닫고 '편견'을 고친 뒤 결혼하는 엘리자베스는 그녀가 바라는 꿈이었는지 모른다.

그녀가 42세로 세상을 떠난 지 200년이 된 2017년, 영국항공이 제인 오스틴 소설 속 명소 4곳을 선정하고 여행 프로그램 지원에 나섰다. 그 덕분에 고향 햄프셔와 5년간 머물렀던 바스, 남부 해안의 여름 휴양지 라임 레지스, 소설 속 다아시의 저택이 있는 셰필드를 찾는 사람들이 부쩍 늘었다. 영국 정부는 그 해 공개한 새 10파운드 지폐에 제인 오스틴의 얼굴과 대표작 《오만과 편견》 속의 문장 '독서 말곤 어떤 즐거움도 없다'를 새겼다.

세계인이 공감할 명문이 또 있다. 지금 우리 사회에 필요한 명구다.

'오만은 다른 사람이 나를 사랑할 수 없게 하고, 편견은 내가 다른 사람을 사랑하지 못하게 한다.'

도스토옙스키와 나쓰메 소세키

러시아 대문호 도스토옙스키(1821~1881)의 삶은 그의 소설을 닮았다. 어릴 때부터 가난했고, 사형 집행 몇 분 전에 극적으로 살아났으며, 혹독한 시베리아에서 유배 생활을 했다. 평생 뇌전증으로 고통받았다.

그런 절망 속에서도 그는 희망을 잃지 않았다. 인간 내면의 어두운 면을 집요하게 추적하면서도 영혼의 아름다움과 구원을 꿈꿨다. 마지막 작품이자 미완성작인 《카라마조프가의 형제들》에서도 그랬다. 이 소설의 모티브는 시베리아 유형지에서 들은 이야기라고 한다.

그는 옴스크의 감옥에서 유산을 노린 '친부 살인범'을 알게 됐다. 그러나 훗날 범인은 그 남자의 약혼녀를 사랑한 동생이었다는 사실이 드러났다.

이 사건 메모를 30년 가까이 보관해온 그는 죽기 1년 전 소설로 옮겼다. 작품에 나오는 탐욕적인 아버지와 친부 살해범으로 체포되는 맏아들 얘기가 서로 닮았다.

그가 서문에서 "앞으로 20년 동안 뒷부분을 쓸 것"이라고 밝힌 이 소설은 '미완이어서 더욱 빛나는 작품'으로 극찬 받고 있다. 이를 소재로 한 창작 뮤지컬이 지금도 세계 곳곳 무대에 오르고 있다. "온 인류를 사랑하는 것은 쉬운 일이지만, 내 곁의 이웃 한 사람을 사랑하는 것은 너무나 어려운 일"이라는 그의 말을 되새기게 한다.

일본의 '국민 작가' 나쓰메 소세키(1867~1916)도 주목받고 있다. 그의 미완성 유고작 《명암(明暗)》이 100여 년 만에 새로 번역됐다. 그도 도스토옙스키처럼 가난과 병으로 고통 받았다.

일본 문부성의 국비 유학생 1호로 영국에서 공부한 그는 최고 작가의 반열에 올랐지만 신경쇠약과 위궤양으로 고생하다가 《명암》 연재 중 세상을 떠났다.

이 작품의 주인공은 결혼한 지 얼마 안 된 부부다. 이들은 서로의 말이나 행동을 못마땅해 하면서도 쉼 없이 이해와 애정을 바란다. 주변 이웃과 친척들과도 잘 지내려 하지만 늘 소통불능에 빠진다. 가족과 동료, 상사와 부하, 친구 사이에 겪는 현대인의 불통을 100년 전 인물로 보여주는 작품이다.

"무사태평으로 보이는 사람들도 마음속 깊은 곳을 두드려보면 어딘가 슬픈 소리가 난다"고 했던 나쓰메 소세키. 매년 2월 9일은 그의 생일이자, 도스토옙스키가 타계한 날이다. 인간의 '명암'을 깊이 있게 조명한 두 작가의 작품과 삶은 지금 여기 우리 모두를 비추는 거울이기도 하다.

작가 샤토브리앙과 안심 요리

"나는 샤토브리앙처럼 되고 싶다. 그게 아니면 어느 누구도 닮고 싶지 않다."

대문호 빅토르 위고가 어릴 때부터 입버릇처럼 하던 말이다. 그가 이토록 존경한 작가 프랑수아-르네 드 샤토브리앙(1768~1848)은 프랑스 낭만주의 문학의 아버지다. 대표작《무덤 저편의 추억과 그리스도교의 정수》등으로 한 시대의 문예사조를 바꾼 거장이다.

그는 루이 16세 시절과 프랑스 대혁명, 나폴레옹 치하, 왕정복고 등의 격변기에 작가·정치가·외교관으로 파란만장한 삶을 보냈다. 파리 남쪽 근교에 그가 살던 '샤토브리앙의 집'이 있다. 전제주의를 강하게 비판하는 글을 발표한 그가 나폴레옹의 노여움을 사 "파리 밖으로 나가라"는 추방 명령을 받고 10여 년 동안 지내던 집이다.

일명 '늑대들의 골짜기'로 불리는 발레 오 루(Valle-aux-Loups)의 숲속에 있는 이 집은 작은 궁전 같다. 나폴레옹 몰락 후 루이 18세 정부의 외무장관이 됐다가 1년 만에 관직을 박탈당하고 또다시 야인으로 돌아와 머물던 곳. 1층에 들어서자 19세기 난로와 낡은 피아노 사이로 식탁이 눈에 들어온다. 이곳에서 최고급 소고기 안심 요리 '샤토브리앙 스테이크'를 먹는 그의 모습을 떠올려 본다.

귀족 출신인 그는 소 한 마리에 4인분 정도 나오는 안심의 정중앙 부위를 즐겨 먹었다. 그의 요리사 몽미레이유가 만든 이 스테이크 맛이 입소문을 타고 퍼지면서 그의 이름은 프랑스 고급요리의 대명사로 자리잡았다. 중국 요리 '동파육'이 소동파 이름을 딴 것과 비슷하다. 유명인 이름이 들어간 스테이크로는 작곡가 로시니를 위한 '도네도 로시니', 앙리 4세를 위한 '도네도 앙리 4세'도 있다.

샤토브리앙 스테이크는 센 불로 요리한다. 안심 가운데 부분을 두툼하고 넓적하게 썰어 굽는다. 육즙이 새지 않도록 겉은 빠르게 바싹 굽고, 속은 부드러운 식감을 유지하도록 덜 익혀 먹는다. '뼈에 가까운 고기일수록 맛있다'는 속담처럼 등뼈 안쪽의 귀한 살로 구운 만큼 맛이 일품이다. 여기에 감자와 베아르네즈 소스를 곁들여 먹는다. 양념 소스는 다진 양파와 버섯을 버터로 볶아서 화이트 와인을 붓고 졸이다가 데미글라스 소스를 넣고 끓인 뒤 소금·후추로 간을 한다. 파슬리나 월계수잎을 넣기도 한다.

샤토브리앙 탄생 250주년이자 서거 170주기였던 2018년에는 프랑스뿐만 아니라 전 세계가 1년 내내 그를 조명하는 행사를 펼쳤다. 야인 시절 극도로 궁핍해진 그가 고향의 티티새를 닮은 새소리에 힘을 내 대작을 완성했다는 그 집 책상과 식탁을 찾는 사람들도 줄을 이었다.

CEO 잡스와 시인 블레이크

애플 창업자이자 최고경영자(CEO)인 스티브 잡스가 아이폰을 처음 공개한 2007년 1월 9일, 신문들은 "모든 것을 바꿔놓을 혁명"이라는 그의 말을 제목으로 뽑았다. 기술의 새로운 변곡점을 알리는 신호탄이었다. '아이폰 신화'에 이은 잡스의 혁명은 계속됐고, 그의 아이디어와 창의력을 분석하는 리포트도 쏟아졌다.

그해 7월 21일 뉴욕타임스에 흥미로운 기사가 실렸다. 잡스가 18세기 영국 낭만주의 시인 윌리엄 블레이크(1757~1827)의 시에서 영감을 얻는다는 내용이었다. 이때부터 '잡스와 시적 상상력'이란 주제는 인문·경영계의 단골 메뉴가 됐다. 그러나 그가 구체적으로 어떤 시에서 통찰을 얻었는지 아는 사람은 그리 많지 않다.

잡스를 매료시킨 블레이크의 시 중 대표적인 것은 '순수를 꿈꾸며(Auguries of Innocence)'다. 첫 연이 '한 알의 모래에서 세계를 보고/한 송이 들꽃에서 천국을 본다./그대 손바닥 안에 무한을 쥐고/찰나의 순간에서 영원을 보라'로 시작되는 132행짜리 긴 시다. 미세한 '모래'와 거대한 '세계', 땅 위의 '들꽃'과 하늘 너머의 '천국', 찰나의 '순간'

과 무한의 '영원'이 절묘하게 대비돼 있다.

원문에는 1행에 나오는 '세계(World)'의 첫 글자가 대문자로 씌어 있다. '거대하다'는 의미의 시각효과를 강조한 것이다. 그의 시에서 잡스는 많은 것을 배웠다. 작은 것과 큰 것, 없는 것과 있는 것의 시적 은유를 '0'과 '1'이라는 디지털 언어와 접목시키기도 했다. 그 뒤로도 생각이 막힐 때마다 그의 시집을 펼쳤다. 아이폰 모서리를 둥글게 결정한 계기도 블레이크의 시에서 포착했다고 한다.

200년 시차를 넘는 시적 교감에서 잡스의 인문학적 사고가 꽃피었던 것이다. 이런 배경을 알고 나면 "그동안 사람들은 기술을 따라잡으려 애썼지만, 사실은 기술이 사람을 찾아와야 한다"는 그의 말에 고개가 끄덕여진다.

두 사람은 닮은 점이 많다. 성격이 별난 데다 학교를 중퇴했고, 자유로움을 추구했으며, 그림과 명상을 좋아했다. 간결하고 상징적인 어휘의 공감대까지 갖췄다. 블레이크는 가난한 양말장수 아들로 미술학교만 잠시 다녔지만 시·그림에 뛰어났다. 잡스도 불우한 유년기와 입양, 대학 중퇴, 고집불통의 면모를 지녔으나 자기가 좋아하는 분야에선 독보적인 능력을 발휘했다.

둘의 기질은 본질과 단순함을 중시하는 애플의 철학과도 맞닿는다. 블레이크에게 상상력의 근원은 자연이었다. 그는 자연을 가두는 모든 것에 저항했다. 잡스가 상상력을 가두는 모든 것에 저항했듯이.

스티브 잡스가 세상을 떠난 2011년 10월, 주말 저녁 모임에서도 그의 얘기가 끊이지 않았다. 세상을 떠난 지 며칠이 지났고 장례까지 치렀지만 그는 아직 우리 곁을 떠나지 않은 것 같았다. 그의 위대함은 어디에서 시작됐고, 그 예각은 어디까지 넓어질까.

우리가 나눈 대화의 주제는 잡스의 인문학적 자양분과 선불교적 깨달음, 괴팍하기 짝이 없는 성격과 독특한 행동 등 다양했다. 그 중에서도 가장 흥미롭게 주고받은 얘기는 '잡스와 시(詩)'였다.

이제 잡스와 블레이크는 떠나고 없다. 그러나 창의와 상상의 날개로 세상을 바꾼 이들의 공감각적 삶은 앞으로도 '예술과 기술의 교차로'에서 무수한 창조의 꽃을 피워 올릴 것이다.

윈스턴 처칠과 마크 트웨인이 서울에?

"윈스턴 처칠 전 영국 총리가 젊은 시절 한국에 왔다고?"

얼마 전 신촌에 있는 '문학다방 봄봄'의 공부방에서 때 아닌 '역사 배틀'이 펼쳐졌다. 1904년 러일전쟁 때 신문기자였던 처칠이 서울 정동의 손탁호텔에 묵었다는데 맞느냐는 것이었다.

결론부터 말하면 사실이다. 당시 처칠의 나이는 30세. 육사 졸업 후 보어전쟁에 종군기자로 참전했던 그가 새로운 진로를 모색하며 국제 분쟁 현장을 뛰어다니던 때였다.

그 일을 증언하는 장택상 전 국무총리의 회고가 남아 있다. 장 전 총리가 처칠을 처음 만난 것은 6·25 전쟁 중이던 1951년, 파리에서 열린 제6차 유엔총회에서였다. "그분이 '나는 1904년 러일전쟁 시 런던 데일리 텔레그래프 특파원으로 만주로 가는 길에 한국을 찾아 프랑스 여성이 경영하는 손탁호텔에 하룻밤 유숙한 적이 있다'고 말했다."(경향신문 1965년 1월19일자)

에든버러대 선후배인 두 사람은 이듬해 영국 왕 조지 6세의 장례식장에서도 그때 얘기를 다시 나눴다.

구한말 서울은 세계열강의 외교 각축장이자 국제 뉴스의 발원지였다. 외국인들이 주로 모인 장소는 서양식 2층 벽돌건물인 손탁호텔. 프랑스 출신 독일여성 마리 앙투아네트 손탁이 고종에게서 하사품으로 받은 한옥을 재건축한 건물이었다. 1층에는 커피숍과 식당, 일반객실, 2층에는 고급 영빈관이 있었다. 사무실이 없던 독립협회 사람들이 이곳에 모였고, 일본을 견제하는 친미파와 친러파 모임인 정동구락부도 여기서 만났다.

을사조약에 앞서 한일병합을 모의하던 이토 히로부미는 두 번이나 투숙했고 시어도어 루스벨트 미국 대통령의 딸 앨리스도 다녀갔다. 문인 중에는 《강철군화》의 작가 잭 런던과 《톰 소여의 모험》을 쓴 마크 트웨인이 자주 거론된다. 잭 런던은 러일전쟁 중 평양전투 현황을 최초로 취재해 화제를 모았다.

마크 트웨인에 대해서는 이견이 많다. 그는 샌프란시스코 데일리 모닝콜 기자로 일했지만 러일전쟁 때는 69세였다. 그 나이에 종군기자로 왔다니 믿기 어렵다는 의견이 있다. 그의 본명 새뮤얼 랭혼 클레멘스와 이름이 비슷한 다른 언론인일 가능성도 제기됐다. 그러나 대서양을 29회나 건널 만큼 여행을 좋아했던 그가 1904년 6월 이탈리아에서 부인을 여의고 11월 뉴욕으로 돌아가는 5개월 사이에 이곳에 들렀을 것이라는 분석도 있다.

이들이 구한말 외교전과 국제분쟁의 숨 가쁜 모습을 타전하던 손탁호텔은 1922년 철거됐다. 새로 지은 건물도 6·25 때 폭격으로 없어졌다.

지금은 이화여고 옆에 '손탁호텔 터' 기념비만 남아 있다. 100여 년 전 그때 격동의 역사와 열강들의 움직임이 북핵과 미·일·중·러 사이의 요즘 한반도 정세와 묘하게 겹쳐 보인다.

서울 정동 손탁호텔에 나타난 30세의 신문기자 윈스턴 처칠

기네스북에 올랐던 117세 '만년 소녀'

1960년대 중반 프랑스의 한 중년 변호사가 90대 여성 고객과 특별한 계약을 맺었다. 그녀가 죽을 때까지 매월 일정액을 주는 대가로 아파트 소유권을 받기로 했다. 그녀는 여생을 안정적으로 보낼 수 있고, 그는 집을 싸게 사는 셈이니 누이 좋고 매부 좋은 일이었다. 그러나 그녀는 30년 후인 122세 164일까지 살다 갔다. 세계 최고령자 잔 루이즈 칼망(1875~1997)의 실화다.

그녀는 85세에 펜싱을 시작했고, 110세까지 자전거를 탔다. 21세부터 117세까지 담배를 피웠다. 조사 결과 그녀의 조상들도 일반인보다 평균 10.5년이나 더 오래 살았다.

학자들은 이를 두고 생활양식이나 음식보다 희귀한 장수 유전자 덕분이라고 결론지었다. 그녀는 "자주 웃고 시간을 지루하지 않게 보내는 게 비결"이라고 했다.

남자 최고령 기록 보유자인 일본인 이즈미 시게치요(1865~1986)는 120년 237일을 살았다. 그는 91세가 돼서야 재혼을 단념할 정도로 열정적이었고, 105세 때까지 젊은이처럼 일했다. 담배는 116세에 끊었다. 그러면서도 어린아이 같은 동심을 갖고 있었다. 매일 술 한 잔의 여유와 태평한 마음가짐, 유머가 장수 비결이라고 털어놓기도 했다.

세계적으로 110세 이상을 산 사람은 100명 정도다. 100세를 넘긴 사람은 수십만 명이다. 우리나라에도 100세 이상 노인이 2만 명 있다. 일본은 7만여 명이나 된다. 한·일 모두 여성이 세 배 정도 많다.

기네스북 세계 최고령 남성으로 등재됐던 112세 일본인 모모이 사카리는 기네스 인증서를 받고 "건강 비결은 하루 세 끼를 생선 위주로 잘 먹는 것"이라고 밝혔다. 그는 "2년만 더 살고 싶다"고 했지만 그해(향년 112세) 세상을 떠났다.

학자들은 성장 발육기간(24세 전후)의 5배가 인간의 한계수명이라는 점을 근거로 우리가 120세까지는 충분히 살 수 있다고 본다. 성경 창세기 6장 3절에도 '그들의 날은 백이십년'이라고 했으니 이 또한 비슷하다.

남녀를 통틀어 세계 최고령으로 기네스북에 올랐던 일본의 오카와 미사요 할머니는 2015년 117세로 세상을 떴다. 그해 생일잔치에서 머리에 분홍색 꽃핀을 꽂고 수줍게 웃던 모습이 아직 선하다. 그동안의 인생이 길었느냐는 질문에 "짧았다"는 대답을 남기고 '만년 소녀'는 하늘로 갔다.

나이팅게일이 '백의'의 천사였다고?

크림전쟁(1854~1856년) 당시 목숨을 잃은 영국 군인은 2만여 명이었다. 전사자가 5000여 명이었고, 나머지 1만5000여 명은 병사자였다. 총포에 의한 현장 사망자보다 부상 후 제대로 치료받지 못한 후방 사망자가 세 배나 됐다. 영국 정부는 부랴부랴 간호 봉사대를 조직해 급파했다.

나이팅게일도 그중 한 명이었다. 그는 동화에나 등장하는 '백의의 천사'가 아니었다. 흰색이 아니라 짙은 색 옷을 입고 피투성이 막사를 헤집고 다녔다. 부상병을 소모품 정도로 여기는 고위 관료들을 설득해 긴급한 약과 위생품을 구비했고 무질서한 치료 과정을 규율적인 시스템으로 정비했다. 중환자를 격리해 별도로 관리하는 집중치료실 개념도 도입했다. 후대 연구자들은 그를 유능한 행정가이자 협상가로 평가했다.

사재를 털어서라도 긴급한 상황을 헤쳐나가고 꽉 막힌 남성 중심 조직의 벽을 뚫으면서 그는 환자 사망률을 42%에서 2%로 떨어뜨렸다. 기적이었다. 그의 별명이 '등불을 든 여인'이었다니 충분히 그럴 만하다. 몇 년 뒤엔 나이팅게일 간호학교를 세우고 간호전문 서적도 집필했다. 미국 남북전쟁과 프로이센·프랑스 전쟁 땐 고문으로 활약했다. 영국 여성 최초로 공로훈장까지 받았다.

나이팅게일 시절이나 지금이나 간호사는 전문성으로 승부하는 직업이다. 생명을 살리는 일이면서 감염에 따른 위험도 큰 분야다. 근무 환경은 예나 지금이나 다르지 않다. 날마다 교대근무를 해야 하니 한 달에 열흘이 밤샘이다. 돌봐야 할 환자 수도 많다. 그래서 취업 1년 이내에 그만두는 경우가 30%나 된다. 고령사회가 되면 수요가 늘어 간호사 인력이 더 부족할 것이라고 한다.

거꾸로 보면 고용전망은 그만큼 밝다. 고되더라도 취업 가능성이 높으니 매년 유망 고용 분야에 먼저 꼽힌다.

포괄간호서비스 제도 시행에 따라 향후 몇 년 동안 더 필요한 간호사가 6만5000명, 간호조무사가 5만5000명에 이른다. 일자리를 잃은 간병인들이 요양병원이나 요양원으로 나갈 수 있도록 길을 터주면 일거양득의 고용 대책이다.

2015년 6월 서울 코엑스에서 닷새 동안 펼쳐진 세계간호사대회에 135개국 간호사 2만여 명이 참가했다. 마거릿 챈 세계보건기구(WHO) 사무총장도 왔다. 현장에서 발표한 논문만 400편이 넘었다. 한국 간호사 유니폼 고증쇼와 한복 패션쇼도 열렸다. 백의의 천사가 컬러의 천사로 바뀌었듯이, 간호사에 대한 세계의 인식도 함께 변하길 기대해 본다.

chapter 3

우리가 사랑한 LP판과 턴테이블

LP판의 화려한 부활

LP음반이 처음 나온 것은 1931년이었다. 12인치 직경에 잡음이 적고 1분에 33번이나 회전할 수 있어 이전까지의 고무 재질보다 많은 곡을 담을 수 있었다. 1948년 상용화된 이후 최고의 음악재생 매체로 인기를 끌었다. CD가 나오고 MP3가 등장한 뒤로 점차 뒷방으로 밀려났지만, LP판은 세계의 음악 마니아들에게 사랑을 받고 있다.

MP3 시장을 석권했던 애플의 스티브 잡스도 집에서는 아이팟 대신 LP판으로 음악을 들었다고 한다. 차가운 디지털보다 따뜻한 아날로그 선율이 그를 편안하게 해줬기 때문이다. 그러나 한국에서는 1990년대 이후 급속히 쇠락했다. 디지털 음원에 밀려 창고에서 먼지를 덮어쓰거나 아예 고물상 신세를 졌다.

그러던 LP판이 화려하게 부활했다. LP판을 찾는 연령층은 50~60대뿐만 아니라 20~30대까지 다양하다. 서울 중구 황학동의 중고 상가까지 음반을 찾는 젊은이들로 붐빈다. 이들은 "CD나 MP3 음악도 깨끗하고 좋긴 한데 LP판에서는 그런 음악에서 들을 수 없던 풍성한 음이나 감성까지 느껴져서 더 좋다"고 말한다.

LP판을 닦고, 턴테이블에 얹고, 바늘을 조심스레 올려놓는 과정도 하나의 의식처럼 즐겁다고 한다. 한동안 고물 취급을 받던 옛날식 턴테이블이 귀한 대접을 받고, LP로 음반을 내는 뮤지션도 늘고 있다. 패티김과 들국화에 이어 2AM, 지드래곤 등이 LP로 앨범을 냈고 '가왕(歌王)' 조용필도 LP판을 냈다.

요즘은 '가성비' 좋은 보급형 턴테이블이 많이 나왔다. 기존에 쓰고 있던 스피커나 헤드폰과 바로 연결할 수도 있다. 영화 '보헤미안 랩소디'로 젊은 층의 관심을 모은 퀸 등 유명 뮤지션들의 유산을 직접 만지고 소장할 수 있다는 것 또한 장점으로 꼽힌다. 음반을 소장하면 수십 년 뒤 가치가 올라간다고 해서 뿌듯해진다는 '실속파'도 많다.

2005년 서라벌레코드사를 끝으로 사라졌던 LP음반 제조공장도 다시 활기를 띠고 있다. 새벽 2~3시까지 작업해도 밀린 주문을 맞추지 못할 정도라니 격세지감이다.

LP의 또 다른 맛은 음반제작 과정에서 나온다. 디지털 음반은 소리를 따로 녹음해 기계로 믹싱하지만 LP는 악기들을 한 공간에 두고 녹음한다. 그 미세한 진동이나 잡음들이 모여 인간적이면서 눅진한 감수성을 뭉게뭉게 자아낸다.

7080세대를 넘어 2030세대까지 확산되는 'LP의 봄'이 더 반가운 것은 단순한 복고 트렌드만이 아니라 우리 사회의 감성적 공감대가 그만큼 넓어지고 있기 때문이다. 강한 비트와 빠른 템포의 K팝 콘텐츠가 조곤조곤한 LP그릇에 담겨 물 흐르듯 스며들면 사회도 그만큼 부드러워진다.

이어폰 세대가 음악다방 세대를 이해하게 되고, 디스코 세대가 클럽 세대를 포용하며 서로가 같은 젖줄에서 태어났다는 것을 깨닫게 해주는 LP판. 이왕이면 제대로 살아나서 지치고 날선 사람들의 마음에 안식과 조화를 주는 '천사의 하모니'가 되어주기를.

지드래곤, 들국화 LP로 앨범

옛날식 턴테이블도 귀한 대접

일용 엄니를 놀라게 한 삐삐

일용이가 샤워 중이었다. 그때 일용이 삐삐(무선호출기)가 울렸다. 일용 엄니가 그 삐삐에 대고 "우리 일용이 지금 목간 중이니께 쪼금 있다가 찾으슈" 했다. 그런데도 계속 울리자 "아니, 지금 늙은이하고 한판 붙자는 거여 뭐여?" 하며 소리를 질렀다. 삐삐를 붙잡고 화를 내다 잘못해서 진동 스위치를 건드린 일용 엄니는 깜짝 놀랐다. "아니, 이놈이 이젠 발길질까지 하네!"

수많은 사람들을 배꼽 잡게 했던 삐삐 유머의 한 대목이다.

삐삐라는 명칭은 어디에서 온 걸까. 제품 이름이 아니라 기기의 호출 알림음에서 유래했다. 영어 이름은 페이저(Pager)였지만 신호가 울리면 '삐삐' 소리가 난다고 해서 비퍼(Beeper)라고 불렸고, 한국에 들어와서는 '삐삐'로 정착됐다. 1983년 첫 등장 땐 특별한 사람들만 사용했다. 1997년 이용자가 1500만 명 이상으로 늘어나면서 성인들에겐 필수품이 됐다.

이에 얽힌 사연과 숫자, 약어도 많았다. '1004(천사로부터)' '1010235(열렬히 사모)' '8255(빨리오오)' '1200(지금 바빠요, 일이빵

빵)' '0179(영원한 친구)' 등 기발한 숫자조합들이 등장했다. 연인들은 '1004 8282'가 뜨면 설레는 가슴을 안고 공중전화 부스로 달려갔다가 길게 늘어선 줄 앞에서 애를 태우곤 했다. 지금 휴대전화로는 느낄 수 없는 둘만의 은밀하고 짜릿한 아날로그식 교감이었다.

90년대 중반 문자삐삐가 등장했을때에도 이동통신사들은 '너에게 나를 보낸다. 숫자가 아닌 한글로' 등의 광고전을 펼치며 연인들을 유혹했다.

목표를 못 채운 영업맨들은 사무실 번호를 볼 때마다 가슴이 내려앉았다. 수신이 잘 안 되는 지하에 있었다고 둘러대는 능청파도 있었지만, 저승사자 앞에 끌려가듯 전화기를 찾아 허둥대는 소심파가 더 많았다. 한때는 '전자파 때문에 딸만 낳게 된다'는 헛소문이 돌아 삐삐를 등 뒤에 차는 촌극을 빚기도 했다.

그러나 휴대폰 등장 이후 삐삐는 사양길로 접어들었다. 병원이나 군대 등에서만 간신히 명맥을 이어왔다. 그렇게 추억 저편으로 사라졌던 삐삐가 새로운 아이디어로 변신을 거듭하고 있다. 2009년 정부에 반납된 012 번호는 택시 신용카드 결제 신호로 되살아났고, 2014년부터는 사물인터넷 분야로 활용범위가 넓어졌다.

커피를 주문한 뒤 지루하게 기다리는 불편을 달래주는 '진동기'로도 인기다. 언제일지 모르는 차례를 무작정 기다리거나 음료 나왔다고 소리를 질러대는 문화를 바꿔보자는 데서 아이디어를 얻었다고 한다. 50여 개국에 수출까지 한다니 놀랍다.

한 시대를 풍미했던 삐삐의 부활을 보면서 지난 역사의 페이지에 얼마나 많은 사람들의 추억과 애환이 아로새겨져 있는지 함께 돌아보게 된다. 삐삐의 '발길질'에 놀라 고함을 지르던 일용 엄니의 표정도 새삼 그리워진다.

하루 15만 개 팔리는 삼립빵

삼립 크림빵이 탄생한 게 1964년이었으니 가수 김광석, 배우 한석규와 동갑내기다. 국내 최초 자동화설비로 생산됐다는 것도 큰 의미였지만, 무엇보다 구멍이 송송 뚫린 빵 사이의 하얀 크림 덕분에 폭발적인 인기를 누렸다. 코 묻은 돈으로 한 개를 사서 둘이 나눌 땐 크림이 많은 쪽을 서로 차지하려고 다투기도 했다. 당시 서울 대림동의 삼립식품 공장 인근에는 아침마다 새 빵을 사려는 사람들이 장사진을 이뤘다.

크림빵은 허름한 시골 빵집을 글로벌 그룹으로 키운 한국 제빵산업의 주역이다. 1945년 황해도 옹진에서 상미당이라는 빵집을 시작한 고 허창성 회장은 1948년 서울 을지로로 자리를 옮긴 뒤 1959년 삼립제과공사로 간판을 바꿔 달았다. '더할 것도 덜할 것도 없는 완성된 맛'을 고집한 그의 열정에 힘입어 크림빵은 하루 15만 개나 팔리는 효자상품이 됐다. 지금까지 18억 개 이상 팔렸다니 '국민빵'이라 부를 만하다. 단일 브랜드로 최대 판매량이며, 한 줄로 세우면 지구를 다섯 바퀴 돌고도 남는 양이다.

크림빵은 국내 빵 변천사에서 독보적인 지위를 차지한다. 일본식 국화빵(와플)과 '앙꼬빵'에서 카스텔라, 케이크를 거쳐 파리바게뜨와 뚜레쥬르, 아티제, 효모빵 등으로 건너가는 제빵산업의 징검다리 역할을 해왔다. 구로공단 야근 노동자들의 허기를 달래주며 우리 경제를 살찌웠다는 점에서는 대한민국 경제발전의 한 상징이라 할 수 있다. 삼립식품을 모기업으로 성장한 SPC그룹은 중국과 미국, 프랑스, 베트남 등 수많은 나라에서 우리 빵을 파는 국제적 기업이 됐다.

2013년에는 크림빵 2400개가 독일로 공수돼 파독(派獨) 광부와 간호사들의 콧등을 시큰하게 했다. 50여 년 전 외화벌이를 위해 이역만리로 떠났던 이들에게 '동갑내기 국민빵'이 고국의 추억과 그리움을 선물했다. 파독 근로자 50주년 기념공연 '이미자의 구텐탁, 동백아가씨' 현장에서 초로의 동포들은 '눈물 젖은 빵'과 함께 가난한 시절의 상처를 어루만졌다.

크림빵이 등장한 1964년 우리나라 국민소득은 100달러 정도에 불과했다. 유엔 회원국 중 최하위 그룹이었다. 그 상황에서 간호사 1만여 명과 광부 8000여 명이 보내오는 돈은 연 5000만 달러로 국내총생산(GDP)의 2%나 됐다. 이를 담보로 외국자본을 끌어들이고 고도성장의 기틀을 마련할 수 있었다.

맛이란 오감을 거치며 그리움으로 갈무리된다. 몸에 좋은 음식은 약과 같다는 약식동원(藥食同源)의 원리를 닮았을까. 추억의 맛은 오랜 세월이 흘러도 변하지 않는다. 남자들이 군대에서 먹던 크림빵을 잊지 못하는 것도 이 때문일 것이다.

타자기의 재발견

미국 작가 마크 트웨인의 박물관에는 생전에 그가 쓰던 타자기가 놓여 있다. 그는 타자기로 소설을 쓴 최초의 작가로 알려져 있다. 1883년 발표한 《미시시피강의 추억》을 이 타자기로 완성했다. 타자기 회사 레밍턴사의 부탁을 받고 썼다고 한다.

한때 인쇄소 수습공이었던 그는 밤새 활판인쇄기 소리처럼 요란한 타자음을 내며 타닥타닥 글자를 쳐나갔다. 강의 안전수역을 나타내는 '수심 두 길(마크 트웨인)'이라는 뜻의 필명은 이 작품 덕분에 더 유명해졌다. 그는 자동식 타자기 사업에 전 재산을 털어 넣었다가 파산하는 아픔도 겪었다.

최초의 타자기는 1714년 영국의 헨리 밀에 의해 발명됐지만, 상용화는 그로부터 150여 년 뒤에 이뤄졌다. 1868년 미국 인쇄기술자 겸 신문편집인 크리스토퍼 숄스가 잉크 리본을 이용한 지금의 타자기를 만들었다. 그 특허를 사들인 총기회사 레밍턴이 1874년부터 제대로 보급하기 시작했다. 마크 트웨인이 쓴 것도 레밍턴 타자기였다.

사업자들의 문서 수요가 급증할수록 타자기 수요도 늘어났다. 수

많은 발명가들이 여기에 뛰어들었다. 베스트셀러 《생활의 발견》을 쓴 중국 작가 린위탕(林語堂 · 임어당)도 한자 타자기 개발에 청춘을 바쳐 특허까지 얻었지만 결국 성공하진 못했다.

한글 타자기는 1914년 재미동포 이원익이 영문 타자기에 한글 활자를 붙여 고안한 게 처음이다. 1949년 의학박사 공병우가 세벌식 타자기를 개발했지만 두벌식에 밀려 대중화엔 실패했다. 1961년 정부가 공문서를 한글 타자기로 작성하기 시작했고, 1963년에는 실업과 교과목으로 선정했다. 그러나 타자기는 워드프로세서와 인터넷에 밀려 자취를 감추고 말았다.

그런 타자기가 다시 관심을 끌고 있다. 러시아 정부가 주요 공직자와 국가자료 등의 유출을 막기 위해 컴퓨터 대신 타자기로 기밀문서를 작성하기로 했다고 한다. 미국 국가정보국의 개인정보 비밀수집 등이 사실로 드러나자 인터넷 유출 위험이 없는 종이기록만 남기기로 했다는 것이다. 마이크로소프트가 미국 정부의 개인정보 수집 활동에 협조하고 사실상 공모했다는 정황까지 나온 마당이다. 구글과 페이스북, 야후도 당국의 정보수집에 협조했다는 의혹을 받았다.

인터넷의 역사가 처음부터 군사적인 목적에서 출발했다는 점을 떠올리면 놀랄 일도 아니다. 이대로 가다간 첨단 정보망을 뚫는 해커들보다 구형 타자기를 치는 타이피스트들의 재부상이 화제가 될지도 모르겠다. 어느 시대든 완전한 비밀이란 없다.

왜 '빨간 마후라'일까

신상옥 감독의 '빨간 마후라'(1964)는 한국영화 최초의 항공 드라마다. 전투기 조종사들의 전우애와 사랑을 그린 이 작품은 당시 서울 인구 250만 명의 10분의 1인 25만여 명을 열광시키며 대박을 거뒀다. 아시아영화제 감독상(신상옥), 남우주연상(신영균), 편집상까지 휩쓸었다.

영화의 실제 주인공은 6·25 때 한국 공군 역사 유일의 203회 출격기록을 세운 유치곤 장군이다. 영화 내용도 유엔 공군이 500번이나 실패했던 대동강 승호리철교 폭파작전의 성공을 다룬 것이다. 반공영화의 한 극점인 이 필름을 북한 김정일이 구해 소장했던 걸 보면 영화나 실제 전투나 정말 대단했던 모양이다.

그런데 공군 파일럿의 상징이 왜 하필 '빨간 마후라'일까. 붉은 머플러를 조종사의 심벌로 만든 이는 김정렬 초대 공군 참모총장의 동생인 김영환 장군이다. 그 기원설은 두 가지인데, 하나는 식별설(說)이다. 1951년 강릉기지 제10전투비행전대장(대령)이던 그가 추락한 아군 조종사의 수색 방안을 논의하던 중 어디에서나 눈에 잘 띄는 빨간색 머플러를 떠올렸다는 것이다. 이후 강릉시장의 빨간 인조견을 사 모아 출격하는 조종사들의 목에 둘러줬다고 한다.

또 하나는 치맛단설이다. 그가 출장차 서울 형 집에 들렀을 때 형수가 치마를 만들려고 둔 빨간 천을 보고 '조종복과 잘 어울리겠다'는 생각에 자투리 옷감으로 머플러를 만들어달라고 했다는 것이다. 평소 독일 공군 스타일의 모자와 부츠를 애용해 멋쟁이 소리를 듣던 그의 패션 감각도 한몫했다. 그는 빨치산 토벌 때 폭격 명령을 거부하고 해인사 팔만대장경을 지킨 주인공이다.

'빨간 마후라'를 군가(軍歌)로 아는 사람들이 많지만, 사실은 한운사 작사, 황문평 작곡의 영화 주제가였다. 아무튼 이 멋진 제목은 영화보다 2년 앞서 방송 드라마로 선보였고, 1990년대 후반에는 같은 제목의 10대 포르노물 때문에 수난(?)을 당하기도 했다. 2011년에는 비(정지훈)와 신세경 주연의 후속편 '비상'으로 다시 한 번 화제를 모았다.

반세기 전 편대장 역으로 출연했던 주연배우 신영균 씨와 순직한 조종사 부인 역을 맡았던 최은희 씨(2018년 작고)가 2013년 7월 이 영화의 무대인 수원공군기지를 방문하기도 했다. 해마다 7월 3일은 F-51(무스탕)이 처음 출격한 1950년 그날을 기념하는 '조종사의 날'이다. 일본에서 급히 공수한 F-51 10여 대로 226대의 적기와 맞섰던 '하늘의 사나이'들, 가난한 조국 하늘에서 '번개처럼 지나갈 청춘'을 불살랐던 그들은 지금 최신 전투기만 400대 이상 갖춘 대한민국 공군의 뜨거운 표상으로 반짝이고 있다.

헌책방, 느리게 흐르는 시간

헌책방 하면 먼저 떠오르는 곳이 파리 센 강변에 있는 '셰익스피어 앤드 컴퍼니'다. 1951년 미국 시인 조지 휘트먼이 노트르담 성당 맞은편으로 옮겨온 이 고서점은 헤밍웨이의 단골집이었다. 영화 '비포 선 셋'의 주인공들이 만난 장소로도 유명하다. 선교사 딸 실비아 비치가 다른 곳에서 문을 연 전력까지 합치면 역사가 100년이나 된다.

세계 최초 책마을인 영국의 헤이온 와이도 낡은 책방에서 출발했다. 옥스퍼드대를 졸업한 이 마을 출신 청년이 헌 창고를 책방으로 개조한 것이 지금의 책마을 원조다. 이곳을 찾는 관광객은 연간 50만 명이나 된다. 미국 LA의 더 라스트 북스토어에서도 고서의 풍미를 맛볼 수 있다. 2층에는 앤티크 소품을 파는 코너까지 갖췄는데, 낡은 레코드음반 판매점 등 아날로그 감성을 자극하는 물건이 많다.

최근에는 새로 생긴 중고서점들의 인기도 치솟고 있다. 2012년 조지아주에서 시작해 여러 곳으로 지점을 늘린 윌스 오브 북스는 워싱턴DC까지 진출했다. 이 집 주인은 "박물관이나 극장 같은 문화공간이자 사람들이 찾고 싶어하는 헌책방이야말로 좋은 투자처"라고 말했다.

워싱턴포스트는 미국에서 헌책방이 성업 중인 이유를 세 가지로 꼽았다. 헌책방은 인근 주민들이 책을 사고팔며 함께 모여 읽는 지역 친화적 문화공간인 데다 뜻하지 않는 책을 만나는 즐거움으로 외지인들까지 불러들인다. 은퇴한 베이비부머들이 집을 줄여 이사하면서 내놓는 헌책을 젊은이들이 산다. 수익성도 좋다. 원가의 10%에 사서 50% 안팎에 파니까 이문이 쏠쏠하다.

우리나라에서도 중고책방이 가파른 성장세다. 온라인 서점 중고책 사업의 '원조' 격인 알라딘은 해외에까지 매장을 냈다. 인터파크도서의 중고책 구입 전용 차량 '북버스'와 예스24의 '바이백' 서비스, 교보문고의 '스마트 가격비교' 프로그램도 인기다. 헌책을 소독기에 넣고 자외선으로 살균한 뒤 포장해 전달하는 서비스까지 등장했다.

서울 송파구 잠실나루역 인근에는 국내 첫 공공 헌책방 '서울책보고'가 들어섰다. 보유 중인 책이 13만여 권으로 국내 최대 규모다. 절판된 만화책 《로보트 태권V》와 한때 인기를 모은 잡지 《선데이 서울》 등 2200여 권의 독립출판물도 갖췄다. 우리나라 첫 올림픽 금메달리스트인 손기정 선수의 베를린올림픽 출전 사진이 담긴 희귀도서 또한 여기에서 볼 수 있다. 이 책방이 TV 예능 프로그램과 드라마에 나온 뒤 중국과 일본, 대만, 필리핀 등 동아시아에서 입소문을 타고 더 유명해져서 외국 관광객들도 많이 온다.

헌책방을 찾는 사람들은 한결같이 '느릿느릿 둘러보는 재미'를 얘기한다. 낡은 서가 사이를 천천히 거닐다 우연히 맘에 드는 옛날 책을 발견했을 때의 즐거움이야말로 새 책에서는 느낄 수 없는 또 다른 묘미다.

탑골공원의 '한류 스타' 백탑파

저 탑은 언제부터 이곳에 있었을까. 조선 세조 13년(1467)에 완공됐으니 550년이 넘었다. 키 12m의 늘씬한 몸매에 용모가 수려하다. 피부색도 하얗다. 우리나라에 드문 대리석을 썼기 때문이다. 이름은 원각사(圓覺寺) 터에 있는 10층 돌탑이라는 뜻의 '원각사지 십층석탑'이다.

탑은 오랜 세월 눈비를 맞으며 역사의 부침을 지켜보았다. 1504년 연산군이 원각사를 개조해 기생집으로 바꾸고, 얼마 뒤 중종이 건물을 없애버린 뒤로는 홀로 공터를 지켰다. 그러다 고종 34년인 1897년 영국인 고문의 주도로 공원이 조성되면서 다시 주목을 받았다. 한때 '탑동(塔洞)공원' '파고다(Pagoda·탑)공원'으로 불리던 공원 명칭은 1992년 사적(史蹟) 지정과 함께 탑골공원으로 바뀌었다.

1919년 3·1운동 때는 만세운동 참가자들이 이곳으로 구름처럼 몰려들었다. 공원 내 팔각정에서 독립선언서가 낭독되자 학생과 시민들이 목청껏 만세를 외쳤다. 300여m 떨어진 태화관에서 민족대표 33인이 일본 경찰에 체포될 즈음에는 시위 군중이 걷잡을 수 없이 불어났다. 이들이 종로통으로 물밀듯 진격하는 장면을 탑은 말없이 내려다보았다.

잊을 수 없는 장면이 또 있다. 1760년대 이곳 주변에 살던 '백탑파(白塔派)' 문인들의 표정이다. 서얼 출신인 이들은 과거시험마저 보지 못하는 설움을 다독이며 밤낮으로 탑 주변을 맴돌았다. 굶주림을 견디지 못해 《맹자》와 《춘추좌씨전》을 팔아 허기를 채우기도 했다. 겨울밤 탑을 이정표 삼아 서로의 집을 오가는 모습이 무척 쓸쓸해 보였다.

이들의 한과 슬픔은 시로 승화됐고 중국에 곧 알려졌다. 1777년 이덕무·박제가·유득공 등이 엮은 시집이 중국에서 출간돼 호평을 받자 조선에서도 대접이 달라졌다. 요즘 같으면 해외에서 한류 스타가 돼 국내 무대까지 평정한 것이다. 이들 3명은 1779년 정조의 발탁으로 규장각 초대 검서관에 특채됐다.

백탑파에는 연암 박지원을 비롯해 홍대용 박제가 등 쟁쟁한 인물들이 포함돼 있다. 중국을 방문해 선진 문물에 눈을 뜬 이들은 "백성이 풍족해질 수 있다면 '오랑캐(청나라) 문물'이라도 적극 도입하자"며 북학(北學)을 주창했다. 사농공상의 낡은 성리학 이념에서 벗어나 통상무역 등 이용후생(利用厚生)의 실학정신으로 새 세상을 열자고 했다.

이들의 꿈은 정조의 갑작스러운 승하와 이에 따른 정세 급변으로 이뤄지지 못했다. 하지만 남다른 시각으로 시대를 앞서가고자 했던 이들의 혁신 정신은 오늘날 우리 경제의 성장 밑거름이 됐다. 100년 전 3·1운동이 광복의 씨앗을 잉태한 것과 닮았다. 이 모든 것을 지켜 본 탑에 미래의 우리의 모습은 또 어떻게 보일까.

봄밤의 하모니카

프랑스 남동부 지역인 프로방스의 한적한 시골 농가. 상속받은 땅을 일구기 위해 고향으로 돌아온 장은 그림 같은 풍경을 바라보며 하모니카를 분다. 그 선율에 맞춰 한때 오페라 가수였던 아내는 노래를 부른다. 여리고 가냘픈 하모니카 소리에 실려 퍼지는 베르디의 '운명의 힘'……. 영화 '마농의 샘'에 나오는 멋진 장면이다.

영화 '서부전선 이상없다'에서 전장의 고요 속으로 울리는 하모니카 소리도 잊을 수 없다. 병사들은 전쟁 중이라는 것조차 잊고 그 소리에 빠져든다. 참호 위로 팔랑거리며 나비 한 마리가 날고, 그 평화로운 모습에 손을 내밀며 몸을 일으키는 순간 저격병의 총성이 울려 퍼진다.

날숨과 들숨으로 빚어내는 화음이어서 그럴까. 하모니카의 멜로디는 경쾌하면서도 애잔하다. 기원전 중국에서 만든 대나무 쉥(sheng)의 울림도 그랬을 듯싶다. 오늘날의 형태는 1827년 독일의 19세 편물직공 소녀가 아코디언을 개조해 만들었다고 한다. 1821년 독일 시계공이나 1829년 영국 사람이 최초의 제작자라는 설도 있다.

대중에 널리 보급된 것은 1857년이니 불과 150여 년 전이다. 그때 대량생산한 독일 사람 이름을 딴 호너(M. Honner)가 세계 최대 하모니카 제조회사다.

우리나라에는 20세기에 들어왔다. 1920년대 평양고보 하모니카 합주단에 이어 1935년 평양 YMCA하모니카 밴드, 1936년 평양 샌니하모니카5중주단이 잇달아 출범했다.

하모니카 종류는 크게 세 가지다. 가장 기본적인 트레몰로 하모니카는 리드 2개로 복음을 내는 방식인데 문방구에서도 살 수 있다. 크로매틱 하모니카는 옆에 레버가 있어서 반음을 연주할 수 있고 속주도 가능하다. 10구멍짜리 다이아토닉 하모니카는 낮은 파, 라 음을 낼 수 없어 이를 밴딩 주법으로 만들어낸다.

하모니카는 작은 몸집에 비해 피아졸라의 탱고와 어려운 팝까지 두루 연주할 수 있어 '작은 오케스트라'로도 불린다. 하지만 어릴 적 뒷동산에서 불던 '문방구 하모니카'의 추억이 가장 아릿하다.

몇 년 전 봄날 저녁, 야외 행사에서 들은 소설가 복거일 씨의 하모니카 연주 또한 잊을 수 없다. 간암 치료도 거부한 채 필생의 작품에 매달리고 있는 그가 세월호 희생자들을 위해 들려준 '고향의 봄'은 눈물겨웠다. 애달프고도 서러운 멜로디의 물결은 듣는 사람의 가슴과 봄밤의 꽃향기를 함께 적신 애상의 극치였다. 그렇게 젖은 마음을 달래주려고 앵콜로 연주한 샹송 '파리의 다리 밑'은 또 얼마나 애틋하고도 정겹던지…….

새우깡에 든 새우는 몇 마리?

새우깡에는 새우가 몇 마리나 들어 있을까. 농심에 물어보니 한 봉지(90g)에 4마리라고 한다. 종류는 장항이나 군산 등 서해안에서 잡은 꽃새우. 1971년 처음 내놓을 때부터 생새우를 썼다니 스낵치고는 고급 재료다. 대부분의 과자를 기름에 튀기는 것과 달리 새우깡은 뜨거운 소금의 열로 튀겨낸다. 새우 소금구이 원리를 이용한 것이다.

제품 이름은 신춘호 회장의 네 살짜리 막내딸(신윤경, 서경배 아모레퍼시픽 대표의 부인)이 아리랑을 '아리깡 아리깡 아라리요'라고 잘못 부른 데서 착안했다고 한다. 이후 양파깡, 감자깡 등이 잇달아 나왔고 다른 기업들도 이를 따라하면서 '깡'하면 스낵류를 떠올리게 됐다. 보릿고개 시절 새우깡 인기는 대단해서 동네 아이들이 슈퍼마켓에 납품하러 온 농심 트럭을 소독차처럼 좇아다니곤 했다.

변변한 기술이 없던 1970년대에 고급 스낵을 개발하는 일은 쉽지 않았을 것이다. 연구팀은 기계 옆에 가마니를 깔고 쪽잠을 자며 밤을 새웠다고 한다. 연구 과정에 쓴 밀가루만 4.5t 트럭 80대 분량이었고, 적절한 가열 온도를 찾느라 수없이 태우는 과정을 반복했다. 그렇게 해서 아이와 어른 모두가 좋아하는 '국민 스낵'이 탄생했다.

1990년대에 나온 먹물 새우깡을 비롯해 매운새우깡, 쌀 새우깡 등 후속작이 이어졌다. 몸에 좋은 먹물을 넣었다며 야심차게 내놓은 먹물 새우깡은 검은색을 좋아하지 않던 당시의 선입관 때문에 고전을 면치 못했다. 요즘 같았으면 건강식이라고 좋아했을 텐데 너무 앞서간 모양이다. 쌀 새우깡은 절반 크기로 만든 걸 두 개 붙여서 '둘이 나눠먹는 새우깡'으로 인기를 끌었다.

그 사이에 곤욕도 치렀다. 2005년에는 일본 과자 갓파에비센과 모양과 포장지가 비슷하다 해서 '짝퉁' 논란에 휩싸였다. 2008년엔 노래방 새우깡 제품에서 쥐머리가 발견됐다는 제보로 한바탕 소동을 벌였다. 식품의약품안전처가 부산과 칭다오 공장을 샅샅이 훑으며 실태조사를 벌였으나 쥐머리 혼입 가능성을 발견하지 못했다. 그래서 몇 달간 '매출절벽'을 겪었다. 2010년 쌀벌레는 소매점 유통과정에서 유입된 것으로 밝혀졌다.

'손이 가요 손이 가~'로 시작하는 광고도 중독성이 꽤나 강했다. 어쩌다 가격이 오를 때에는 새우깡이 검색어 상위에 오르기도 했다. 요즘도 그렇지만, 값에는 누구나 민감하다. 그나마 몇 년 만에 '100원 정도'라고 생각하면 마음이 좀 편해질라나. 새우깡 좋아하는 갈매기들이야 값을 알 리도 없지만.

그 많던 전당포는 다 어디로 갔을까

"그것이 어째 없을까?" 가난한 문인의 아내가 옷장을 열고 모본단 저고리를 찾다가 망연자실한다. 이태 동안 돈 한 푼 벌지 못한 남편은 말없이 책장을 뒤적이며 말뜻을 되새긴다. 그동안 가구 집기며 옷들을 전당포나 고물상에 맡겨 끼니를 이어왔는데 하나 남은 모본단 저고리도 아침거리를 마련하기 위해 찾았을 게 분명하다. 하지만 그건 이미 전당포에 잡혔던 걸 아내는 잊고 있다. 1921년에 나온 현진건 단편 '빈처(貧妻)'의 첫 장면이다.

그 당시 전당포(典當鋪)는 도시 서민들이 모르는 사람에게 급전을 융통할 수 있는 유일한 창구였다. 일제강점기인 1920년대 초 서울의 조선인 18만 명 가운데 전당포가 없으면 6만 명 정도가 굶어죽을 만큼 서민의 삶이 고달팠다고 한다. 1920년 7월 동아일보 기사에 '가난한 사람에게는 전당포 한 집이 조선은행이나 한성은행 100개보다도 필요하다'는 대목이 나온다.

우리나라의 전당포는 개항과 함께 외래자본이 유입되면서 대폭 늘어났다. 1894년 이후 계속 늘어 1927년에는 조선인 799명, 일본인

606명, 외국인 1명 등 1406명이 전당업에 종사할 정도였다.

서양에서 최초의 전당포는 1428년 이탈리아의 루도비코 신부가 세웠다고 한다. 하지만 전당포 관련 언급은 고대 로마 시대부터 등장했다. 전당포(pawnshop)의 뿌리말인 전당(pawn)은 라틴어로 천(cloth)을 뜻한다. 그때도 가난한 사람들이 옷을 맡기고 급전을 빌리는 경우가 많았기 때문이라고 전문가들은 추측한다.

우리나라 최초의 전당포는 고려 공민왕 때인 1365년에 있었다. 이탈리아보다 60여 년이나 앞선 셈이다. 전당포는 높은 이율 때문에 고리대금의 대명사로 여겨져 강도들의 범죄 대상이 되기도 했다. 도스토옙스키 소설 《죄와 벌》 주인공 라스콜리니코프가 전당포 노파를 살해한 것도 이런 연유다.

맡긴 물건을 찾아가지 못한 경우가 더 많은 걸 보면 예나 지금이나 애달픈 사연이 그만큼이나 많았다. 그런 서민의 전당포가 이젠 거의 없어졌다. 그 대신에 정보통신기기를 취급하는 'IT(정보기술) 전당포'와 중고 명품을 다루는 '명품 전당포'가 인기를 끌고 있다. 미국에서도 부자 동네인 비벌리힐스의 전당포에 고급 보석이나 예술품을 가진 변호사, 펀드매니저, 의사 등의 발길이 이어진다니 세계적인 추세인 모양이다.

서민의 전당포가 기업형 비즈니스로 바뀌는 모습을 보면서 새삼 지난 시절을 돌아보게 된다. 그때 보릿고개를 힘겹게 넘던 모본단 저고리의 땀, 그러니까, 눈물겨운 가난 속에서도 끝끝내 놓지 않았던 희망의 끈같은 것 말이다. 지금이라고 그것들이 어째 없을까.

전봇대의 퇴장

국내에 전봇대가 등장한 것은 1887년 봄, 경복궁 후원의 건청궁 뜰에 백열등을 처음 밝힌 때였다. 에디슨이 백열전구를 발명한 지 9년, 뉴욕에 발전소가 생긴 지 6년 만이었으니 비교적 이른 시기였다. 지금은 콘크리트나 철로 만들지만 초기엔 모두 나무전봇대였다.

저마다 이름도 갖고 있다. 경복궁 맞은편에 있는 건 '전동간32L7'이다. 서울 종로 지역 전동간이라는 선로의 변전소에서 왼쪽으로 32번째라는 의미다. 전국의 890여만 개가 모두 일련번호를 달고 있다. 요즘은 전산화번호까지 갖췄다. 숫자 4개, 영문 1개, 숫자 3개로 해당 위치를 알려 준다.

전봇대의 키는 14m, 몸무게는 1500kg, 수명은 평균 30년이다. 평생 1000kg짜리 전깃줄을 어깨에 메고 서 있다. 전력선 외에 전화선과 인터넷 연결선 등 복잡한 '거미줄'까지 떠받치고 있다. 무형의 전기를 허공에서 이어주는 문명의 실핏줄이라 할 만하다.

그러나 이사 간 집들이 방치한 폐선 위로 새 집이 들어올 때마다 가설하는 전선 때문에 정신이 혼미해질 때도 있다. 그런 전봇대의 밑동을 안고 아이들은 술래잡기나 말타기를 하며 논다. 밤에는 취객들이 그를 붙잡고 고통스레 몸을 굽신거린다. 이런 애환을 묵묵히 지켜보는 전봇대는 온갖 전단과 포스터를 매달고 동네 안내판 역할까지 한다.

다른 쓰임새도 제법이다. 위치 확인 시스템을 통한 방범기능은 물론이고 최근엔 전기차 충전까지 담당하는 멀티플레이어가 되고 있다. 주차 공간 인근에 있는 전봇대를 활용하는 방식이다. 사회안전망 기능도 맡는다. 독거노인의 전력 사용량이 갑자기 줄면 사회복지사에게 자동으로 통보해 안위를 확인하게 한다.

전국의 전봇대 관리와 보수에 드는 돈은 한 해 약 2500억 원에 이른다. 설치 장소의 땅 임차료도 2000억 원 이상이다. 벌어들이는 돈도 있다. 통신사나 케이블TV 사업자에게 받는 이용료다. 하지만 해마다 수천억 원의 적자를 감수해야 한다. '도시 미관을 해치는 흉물' 소리까지 듣고 있다.

이제는 전선을 땅에 묻는 지중화 시대로 변하고 있다. 새로운 주택·산업단지뿐만 아니라 도심의 기존 선로도 땅 밑에 묻는다. 1980년대 전봇대 없는 신도시가 나온 이후 시대적 흐름이 됐다. 전봇대 설치보다 돈이 많이 들고 유사시 복구비용 또한 만만찮지만 세계적인 추세이기도 하다. 눈 밝은 사람에겐 전봇대 철거 작업도 신사업이 될 듯하다.

보신각종 33번 치는 까닭

신라 선덕여왕은 "내가 죽으면 도리천에 묻어 달라"고 했다. 도리천이 어디인지 묻자 '(경주) 낭산(狼山)의 남쪽 봉우리'라고 했다. 도리천은 불교에서 세계의 중심인 수미산 꼭대기를 가리킨다. 중앙의 제석천이 사방 32성의 신을 지배하는 이 천상계를 33천이라 하는데, 33천의 인도어 음역이 곧 도리천이다.

이는 단순히 인도나 불교의 세계관에 그치지 않고 우리 문화 곳곳에 녹아 있다. 조선시대 과거의 문과 합격자 정원이 33명이고 3·1 운동 때 민족대표가 33명이며 해인사의 일주문에서 해탈문까지가 33계단이다. 보신각 제야의 종을 33번 치는 것도 이 때문이다.

보신각 종은 원래 조선 태조 5년(1396)부터 하루 두 차례 울렸다. 도성 문이 열리는 파루(오전 4시)에 33번, 문이 닫히는 인정(오후 10시)에 28번을 쳤다. 28은 불교의 28계와 하늘의 별자리 28수를 상징한다고 한다. 종은 원래 절에서 아침저녁으로 108번을 쳤는데 나중에 연례행사인 제야의 종으로 이어졌다. 한 해의 마지막 순간까지 107번을 치고 새해로 바뀐 직후에 한 번 치는 게 상례였다.

108번인 이유에 대해서는 1년의 12개월과 24절기 72후의 숫자를 합친 것이라는 설, 불교의 108번뇌를 하나하나 깨뜨린다는 설이 있다. 일본에서도 전국의 절에서 제야의 종을 108번 친다. 구리 료헤이 소설《우동 한 그릇》에 나오는 가난한 어머니와 두 아들도 섣달 그믐 밤 소바(메밀국수) 한 그릇을 나눠먹고 제야의 종소리를 들으며 서로를 위로했다.

1800년대에 조선을 방문한 여성 선교사는 "(서울의 종소리가) 대단히 부드럽고 엄숙하며 저음이지만 가슴 속을 깊이 파고든다"고 묘사했다. 종의 안쪽을 때려서 날카로운 소리를 내는 서양종에 비해 바깥을 때려 공명음을 길게 울리는 동양종의 느낌이 달랐을 것이다.

현대식 제야의 종소리는 1929년 경성방송국의 생방송에서 시작됐고 6·25가 끝난 1953년에 본격적으로 재개됐다. 1994년에는 광복 50주년을 기념하기 위해 각계 인사 50명이 타종식에 참가하기도 했다.

한 해의 마지막을 종소리로 마감하는 나라는 흔치 않다. 서양의 카운트 다운이나 불꽃놀이보다 훨씬 운치 있다. 올해도 그 은은한 소리의 끝에 근심과 걱정, 아쉬움을 모두 실어 보내면서 새해에는 산뜻하고 새로운 종소리의 울림을 기대해본다.

육의전에서 광장시장까지

서울 종로2가 탑골공원 문 옆에 '육의전(六矣廛) 터'가 있다. 조선 시대 선전(廛·비단)과 면포전(綿布廛·무명), 면주전(綿紬廛·명주), 지전(紙廛·종이), 저포전(苧布廛·모시), 내외어물전(內外魚物廛·생선) 등 여섯 종류의 큰 상가가 있던 자리다. 육의전 상인들은 궁중과 관청의 수요품을 공급하면서 중국으로 보낼 진헌품 조달까지 맡았다.

이들이 정부에 물자를 공급하는 대가로 받은 것이 국가 공인 상업특구에서의 독점권이다. 다른 상인들이 도성 안팎에서 같은 물품을 거래하지 못하도록 하는 권한이 바로 금난전권(禁亂廛權)이다. 임진왜란과 병자호란 이후 우후죽순으로 생긴 난전(亂廛: 자유상인)을 규제하는 특권이다. 재정 위기에 처한 정부가 육의전을 통해 고액의 상업세를 거둘 수 있게 된 것도 배경으로 작용했다.

물론 고액 세금이 여섯 종류의 시전에만 한정된 것은 아니었다. 정조 때 '금난전법을 정한 초기에 9개의 시전은 한성부가 난전행위를 단속하고, 그 밖의 5개 시전은 시전상인에게 난전상인을 붙잡아 바치게 한다'는 기록이 있다. 금난전권을 가진 시전이 14개로 늘었다는 얘기다.

그만큼 상인들 간 싸움도 치열했다. 육의전 규찰대가 난전상인을 잡아 벌을 주는 사형(私刑)까지 횡행했다. 이 때문에 전국의 보부상이 남산에 수천 명씩 모여 육의전과 맞서기도 했다.

행상 단체인 보부상보다 육의전 조직은 더 탄탄했다. 전(廛)마다 도가(都家)라는 사무실과 도중(都中)이라는 동업조합을 만들었고 조합원을 도원(都員)이라 했다. 임원은 도원들의 선거로 선출했다. 의결 거구에는 도령위(都領位), 대행수(大行首), 수령위(首領位), 부령위(副領位), 차지령위(次知領位), 별임령위(別任領位) 등이 참여했다. 그 밑에 4 단계의 실무 계급을 뒀다. 김주영 소설 《객주》의 주인공 천봉삼이 "장사의 기술로 싸우자"며 도전장을 낸 신석주는 육의전 최고 실세인 대행수였다.

그러나 금난전권이 언제까지 유지될 수는 없었다. 사상도가(私商都賈)들의 난전, 궁가와 고관 가노들의 권력형 난전, 군졸들의 생계형 난전이 난립하기 시작했다. 도시가 발달하고 상품 종류가 늘어나면서 독점제도의 폐해도 커졌다. 결국 1894년 갑오개혁으로 육의전은 사라지고 상업은 자유를 맞았다. 선교사 아펜젤러가 서점과 예배 장소로 쓰기 위해 육의전 거리에 집을 마련한 것은 1890년, 바로 시장자유화 직전이었다.

그 육의전의 전통이 동대문 포목상가와 광장시장 등으로 이어져 오늘에 이르고 있다.

신(新)십장생과 장수 비결

경복궁에 꽃구경 갔다가 자경전 샛담을 끼고 한참 놀았다. 아지랑이 꽃잎 사이로 십장생(十長生) 굴뚝 무늬가 아련했다. 벽돌로 해·산·구름·바위·소나무·거북·사슴·학·불로초 등을 짜맞춘 게 영락없는 선계(仙界)였다. 십장생이란 불로장생의 10대 상징물이 아닌가. 흥선대원군이 경복궁을 다시 지으면서 조대비의 만수무강을 기원한 마음도 그랬으리라.

십장생은 신선(神仙) 사상의 장생(長生) 개념을 차용한 우리 고유의 문화다. 고구려 고분 벽화에 나오는 걸 보면 꽤 오래됐다. 고려부터 본격적으로 유행했고, 조선시대에는 서민들에게도 널리 알려졌다. 성현(成俔)이 '송죽은 눈서리를 업수이 여기고 거북과 학은 장수로 태어났네'라고 읊었듯이 여기엔 자연과 동물이 다 포함돼 있다.

이 중 살아있는 동물은 거북과 사슴, 학이다. 사슴과 학이야 예부터 고아한 이미지이니 그렇다치고 왜 주변에서 보기 어려운 바다생물 거북일까. 무엇보다 100년 이상 사는 장수동물이라는 점이 작용했을 것이다. 거북은 몸놀림이 느린 데다 이빨도 없고 비공격적이다.

그런데 오래 살 수 있는 비결은 무엇일까.

최근 화제를 모은 최장수 동물 10위를 보면 모두가 바다 생물이다. 가장 오래 사는 것은 해저(海底) 깊은 곳의 대양 대합이라는 조개로 평균 수명이 400년이라고 한다. 2위는 211년을 사는 북극 수염고래, 다음은 한볼락(205년)과 붉은 바다성게(200년)다. 이들 네 종의 수명이 200년 이상이다. 이어 갈라파고스 거북(177년), 쇼트래커 볼락(157년), 호수 철갑상어, 알다브라자이언트 거북(152년), 오렌지 라피(149년), 와티 오레오(140년)가 10위에 들었다.

대부분이 물속에 산다는 게 신기하다. 바다 속 용궁에서는 시간이 느리게 흐르는 것일까. 실제로 이들의 성장 속도와 생식 주기는 특별히 느리다고 한다. 암컷 호수 철갑상어는 14~33년이 지나야 생식을 할 수 있을 만큼 자라고, 알은 4~9년마다 한 번 낳는다고 하니 더욱 그렇다. 영국 연구팀이 최근 밝혀낸 북극 고래의 장수 비결 중 하나도 '느림'이다. 몸 속에서 암과 노화를 가져오는 유전자의 변이가 천천히 일어난다는 것이다.

어디 물속뿐이랴. 잠깐 놀다 돌아왔더니 20년이나 지났더라는 일장춘몽 설화는 동서양 어디에나 많다. 시간에 대한 인식 차이 때문에 생긴 '착시(錯時)의 비밀'일까. 어쨌든 현대판 십장생을 보면, 천천히 걸어야 오래간다는 말이 맞는 것 같다.

사초(史草)는 세검정에서 빨고

왕의 일거수일투족은 사관(史官)에 의해 모두 기록됐다. 역대 왕들은 이를 의식해 언행을 삼갔다. 사관의 1차 기록인 사초(史草)는 아무리 궁금해도 볼 수 없었다. 역사왜곡을 법으로 금했기 때문이다.

예외도 있었다. 조선조 태조 이성계는 정통성 논란 때문에 곤혹스러웠다. 어느 날 고려 공양왕 때의 사초에 "우왕과 창왕을 죽인 자는 이성계"라고 기록돼 있다는 말을 듣고는 모골이 송연했다. 사초를 모조리 바치라고 명한 그는 결국 우왕과 창왕이 요승 신돈의 자손이라는 내용을 슬며시 집어넣으며 역사에 덧칠을 했다.

폭군 연산군도 사초를 두려워했지만 이성계 흉내를 내고 말았다. 세조의 왕위찬탈을 비판한 김종직의 '조의제문'을 '성종실록' 사초에 삽입한 김일손의 초고를 가져오라고 명했다. 거듭된 반대에도 불구하고 서슬 퍼런 명령이 계속되자 실록청은 해당 구절만 절취해 올렸다. 그가 본 것은 발췌본이었다.

영조는 사초를 불태우기까지 했다. 심야회동 내용을 "기록하지 말라"고 지시하고는 다음날 자신이 쓴 내용을 사관에게 건네기도 했다.

그러나 사관은 이를 돌려주면서 "쓰지 말라"고 한 말과 함께 "임금의 위엄만 먹혀들지 않았다"는 평까지 덧붙였다.

사관은 보고 들은 바를 가감없이 기록한 사초를 실록(實錄) 편찬 때 실록청에 제출했다. 처음 작성한 원고는 초초(初草), 이를 보완한 것은 중초(中草), 최종본은 정초(正草)라 했다. 실록이 완성되면 사초는 세검정에 가져가 계곡 물에 씻고 종이는 재생했다. 종이를 아끼자는 뜻도 있었지만 내용 유출을 막기 위한 방편이었다.

실록은 활자로 인쇄해 중앙과 지방에 봉안했다. 왕이 꼭 봐야 할 때도 관리를 보내 해당 부분만 베껴서 볼 수 있게 했다. 실록은 고려 시대부터 편찬됐는데 모두 유실되고 조선시대 것만 남아 있다. 폐위된 왕의 실록은 '노산군일기' '연산군일기' '광해군일기' 등 일기로 남겼다.

왕의 일상을 기록한 '승정원일기'는 한 달에 1~2권으로 작성했다. 승정원(현재의 대통령 비서실)이 기록한 일기는 3243책 2억3000여 만자로 세계에서 가장 방대한 역사기록이다. 내용도 세세해서 정조 16년 윤4월 27일 경상도 유생들이 '만인소'를 올렸던 일을 기록하면서 1만57명 명단까지 다 실었다. 같은 날 실록에는 상소문만 실린 것과 대조적이다. 288년에 걸친 기상 자료와 한의학 관련 내용도 희귀 자료다. 그 덕분에 유네스코 세계기록유산에 지정됐다.

천자문엔 봄 춘(春)자가 없다

천둥벌거숭이일 때는 몰랐다. '천자문(千字文)'을 무턱대고 외울 뿐이었다. 어른들이 입춘첩(立春帖) 쓰는 걸 보면서 얼핏 생각하기는 했다. 왜 봄으로 들어서는 시기라면서 입춘(立春)에 들 입(入)자가 아닌 설 립(立)자를 쓰는 걸까. 더 궁금한 것도 있었다. 온갖 어려운 한자까지 들어 있는 '천자문'에 정작 봄 춘(春)자는 왜 없을까.

한참 나중에야 알았다. 입춘은 24절기 중 첫 번째로 봄의 시작을 알리는 날이다. 이 날 기복적인 문구를 담은 입춘첩을 써 붙이는데 가장 흔한 게 '입춘대길 건양다경(立春大吉 建陽多慶)'이다. '立春'이란 말은 중국 황제가 동쪽으로 나가 봄을 맞이하고 봄기운을 일으켜 제사를 지낸 것에서 유래했다고 한다. '立'에 '곧' '즉시'라는 뜻이 있어 이제 곧 봄이라는 걸 의미한다고도 한다. 입하(立夏), 입추(立秋), 입동(立冬)도 마찬가지다. 그러니 '봄기운이 막 일어선다'는 게 이해가 간다.

그렇다 해도 봄 춘자가 천자문에 없는 것은 의아했다. 천자문은 한문 초보자의 필수교재 아닌가. 1500여 년 전 중국 남조 양(梁)의 주흥사(周興嗣 · 470?~521)가 짓고 왕희지 필체를 모아 만들었다고 한다. 하룻밤 사이에 완성하고 머리가 허옇게 세었다 해서 '백수문(白首文)'이라고도 부른다. 그 속에는 자빠질 패(沛), 멀 막(邈) 같이 평생 한 번도 안 쓸 글자까지 있는데 정작 봄 춘자는 없다. '천자문 다 떼고 입춘대길(立春大吉)도 못 쓴다'는 우스개가 그래서 나왔다.

이와 관련해서 이어령 선생은 주흥사가 남쪽나라 사람이었기에 늘 따뜻한 곳에서는 봄을 특별히 언급할 필요가 없었을 것이라고 해석한다. 봄 춘(春)은 본래 초목(艸)이 햇볕(日)을 받아 싹을 틔우려 애쓰는(屯) 모습이니 늘 그런 남국에서야 봄이 따로 없는 셈이긴 하다.

첫 구절 '천지현황(天地玄黃)'에서 하늘을 검다고 말한 이유도 어릴 때는 잘 몰랐다. 이는 심오하면서도 난해한 '주역'에서 따온 것이다. 천자문은 주역뿐만 아니라 서경, 시경, 논어, 맹자, 중용, 대학, 예기, 사기, 효경, 춘추 등의 유학 경전을 총동원한 대서사시여서 그 내용이 깊을 수밖에 없다. 하늘이 곧 우주이니 푸른 게 아니라 검은 게 맞다.

어쨌거나 천자문에는 없는 봄이 올해도 왔다. 봄볕 아래 풀꽃들이 곧 솟아날 것이다. 얼어붙은 강바닥으로는 봄물도 새로 흐르리라. 그 속을 헤엄치는 물고기처럼 우리 일상도 잘 풀렸으면 좋겠다. 진짜 봄은 얼음 속에서 시작된다.

아! 구로공단

“서울 근교에 경공업 중심의 수출산업지역을 빨리 만들어야 합니다. 재일동포들의 재산과 기술을 들여오면 못할 것도 없습니다.”

1964년 일본을 돌아보고 온 이원만 한국나이론공업협회장(코오롱 창업주)이 박정희 대통령에게 보고한 요지다. 곧바로 한국수출산업공단이 생기고 수출산업공단단지개발조성법이 제정됐다. 그 결과 최초의 국가산업단지인 구로공단이 탄생했다.

당시 구로동은 논밭과 야산, 난민촌으로 이뤄진 변두리 지역이었다. 국유지가 많아 정부가 현물로 출자하거나 싼 값에 땅을 제공할 수 있었고, 서울 중심가와 가까운 지리적 장점도 있었다. 가장 먼저 입주한 동남전기는 시운전과 동시에 공장을 돌리며 트랜지스터 라디오와 TV를 생산했다.

당시 가리봉동 일대의 여공들은 월세 3만 원짜리 쪽방에서 2~3명이 함께 생활했다. 낮 · 밤 근무조가 ‘2부제 셋방’을 나눠 쓰며 ‘라보때(라면으로 보통 때운다)’라는 말까지 유행시킨 이들은 구로공단 개발사의 주인공이었다. 이들이 생산한 스웨터와 가발, 신발, 봉제품, 전기제품 등이 세계를 누빈 덕분에 1977년 수출 10억달러를 돌파했다.

부침도 있었다. 1980년대 이후 국제 유가파동에 따른 수출 침체와 노사분규, 채산성 악화 등이 겹쳤고 노동집약산업의 한계로 고용과 수출이 반토막났다. 이른바 경공업 선도 공단의 수명이 끝난 것이다.

그러나 또 한 번 상전벽해의 변신에 성공한 구로공단은 2000년 정보기술(IT) 첨단밸리로 거듭났다. 이름도 서울디지털산업단지로 바꿨다. 빨간 지붕의 굴뚝 공장들은 첨단산업과 패션의 메카로 탈바꿈했고, 여공들의 자리는 넥타이를 맨 직장인과 연구원들로 채워졌다. 반세기가 지난 지금은 지식산업센터가 즐비한 '한국의 실리콘밸리'가 됐다.

그 치열한 성장 과정은 우리 경제사와 비슷하다. 1차 경제개발 5개년 계획을 세우고 국가 재건의 기틀을 한창 다지던 1964년에 1억 달러 수준이던 수출액은 벌써 6000억 달러를 넘었다. "한국에서 경제기적이 일어날 가능성은 전무하다"던 비아냥을 딛고 우리는 최빈국에서 세계적인 수출대국으로 성장했다. 그 기적의 꽃을 피워 올린 주역 중 하나가 구로공단이다.

그 시절 국제시장 사람들

6·25전쟁 6개월째인 1950년 12월 22일, 바람 찬 흥남부두에 눈보라가 휘날렸다. 유엔군 따라 탈출하려는 피란민들의 눈물도 함께 흩날렸다. 화물선 메러디스 빅토리호의 정원은 60명. 선장은 배에 실린 무기를 다 버리고 피란민을 태웠다. 그렇게 떠난 1만4000명이 크리스마스 날 거제에 도착했다. 희생자는 한 명도 없었고, 새 생명 다섯이 배 안에서 태어났다. 기적이었다.

이 기적의 주인공들은 부산으로 몰려들었다. 무엇보다 입에 풀칠이 급했다. 신창동 일대에 좌판을 벌인 이들은 입고 있던 겉옷부터 구호물품까지 돈 되는 건 뭐든지 팔았다. 광복 직후에 생긴 귀환동포들의 노점 때문에 '도떼기시장'(여러 종류의 물건을 도산매하는 무질서하고 시끌벅적한 비정상적 시장)으로 불리던 장터는 그야말로 북새통을 이뤘다.

각지의 피란민이 모이고 미군 구호품과 군용품이 유통되자 '케네디 시장'과 '양키 시장' '깡통 시장' 등의 별칭들이 속속 등장했다. 아무 연고도 없는 이북 피란민들이 이곳에서 살아남으려면 결사적으로 덤벼야 했다. 어쩌다 작은 상권이라도 확보할라치면 견제 세력들로

부터 '3·8따라지'(38선을 넘어온 빈털터리) 소리를 들어야 했다.

이들뿐만이 아니었다. 전국에서 모여든 문인·예술가·식자들도 이곳에서 꿀꿀이죽으로 배를 채웠다. 시인 전봉래가 쓰러졌던 시장 한 귀퉁이에서 화가 이중섭은 지게를 지고 다니며 날품을 팔았다. 고물장수나 넝마주이로 근근이 목숨을 부지하며 쌀 한 됫박만 얻어도 목이 메던 그 시절, 국제시장의 왁자한 소음은 많은 사람에게 위로와 용기를 줬다. 상거래를 넘어 문화와 예술의 교류가 이어지던 곳이었다.

유행가 '굳세어라 금순아'의 애환처럼 외로움과 굶주림에 지쳐 영도다리에서 투신하는 사람도 있었지만, 그런 전란의 비애 속에서도 이곳은 한때 우리나라에서 가장 큰 시장으로 성장해나갔다. 이후 몇 차례 화재를 겪으면서 일반 도소매시장으로 성격은 바뀌었으나 인근 백화점, 광복동 상가들과 함께 지금도 많은 이가 찾는 부산의 명소로 손꼽힌다.

2014년 개봉된 영화 '국제시장' 주인공 덕수의 삶은 굴곡진 현대사 그 자체다. 1950년 흥남철수 후 국제시장 정착, 60년대 서독 파견 광부, 70년대 베트남 파병, 80년대 이산가족 상봉 등 격변의 시대를 살아온 우리 아버지들의 자화상과도 닮았다. 개봉 나흘 만에 관객 100만 명을 돌파하고, 누적 관객 1426만 명까지 넘었으니 지난한 역사의 고비를 넘어온 '눈물의 힘'이 또 다른 흥행 요소가 아니었나 싶다.

'장사의 신' 객주

"용수·채반·시루밑 사시오. 수수비·방비·빨랫줄도 있소~" 조선 후기 행상들이 일용품을 지게에 지고 골목을 누비며 외쳤던 소리다. 당시 이들의 등짐에는 간장이나 술을 거르는 통(용수)과 얼기설기 한 그릇(채반), 수수빗자루 등이 가득했다.

이런 풍물은 반세기 전 아낙네들을 설레게 한 '동동구리무'까지 이어졌다. 동동구리무는 1947년 락희화학(현재의 LG화학)이 만든 크림 화장품이다. 행상들이 작은 북을 '동동' 치며 크림의 일본식 발음인 '구리무'를 외쳤기에 그렇게 불렀다.

봇짐장수(보상)와 등짐장수(부상)를 보부상, 이들이 각 지역에서 단골로 거래하는 도매상을 보상객주라고 불렀다. 객주(客主)란 전국의 상품 집산지에서 물건을 맡아 팔거나 매매를 주선하고 운송·숙박·금융업까지 겸하는 중간상인을 말한다. 요즘 상법으로 치면 대규모 위탁매매업자다. 조선시대에 이들의 업무는 놀라울 정도로 세분화돼 있었다.

의주에는 중국상인만 상대하던 만상객주(灣商客主)가 있었다. 인

삼거래로 국제무역 거상이 된 임상옥도 의주 사람이다. 일반인의 숙박만 담당하던 보행객주, 금융업을 전문으로 하는 환전객주, 생활용품을 취급하는 무시객주도 있었다.

화물 종류에 따라서는 청과객주, 수산물객주, 곡물객주, 약재객주 등으로 나뉘었다. 서울 동대문시장 부근은 채소, 남대문시장 부근은 수산물 집산지로 유명했다.

객주는 어느 한쪽이 물건값을 지급하지 못하면 자기 돈으로 충당하는 등 고객 신뢰를 최고 덕목으로 삼았다. 대행수(지도자)는 이 같은 '자행책임'의 상거래 관습을 토대로 유통 질서를 확립했다. 이른바 불완전판매나 사기거래를 줄이려는 노력은 지금보다 나았다. 흉년이 들면 쌀을 나누며 구휼에 앞장서기도 했다.

이런 과정을 거쳐 자본가 계급으로 성장한 이들은 1876년 개항 이후엔 외국무역까지 맡았다. 1889년 인천 부산 등에 정부 지정의 25객주제를 형성했다. 그러다 일본자본의 압력과 과중한 납세 등으로 쇠락하기 시작했고 1930년에는 역사의 저편으로 사라졌다. 하지만 객주의 생명력은 끈질겼다. 광복 이후 되살아난 이들은 분단과 전쟁의 소용돌이 속에서도 경제성장의 주춧돌을 놓으며 '한강의 기적'을 만들어냈다.

19세기 말의 시대상과 보부상의 활약을 그린 김주영 소설《객주》는 1979년 신문 연재를 시작해서 34년 만인 2013년에 전10권으로 완간했다. 2013년 세상을 떠난 최인호의 소설《상도》에서도 사농공상의 통념에 매몰된 조선 사회에서 상인과 경영의 도를 깨우쳐준 거상 임상옥의 정신을 배울 수 있다. 상업자본 형성기에 숱하게 명멸했던 사람들과 그들이 뿌려놓은 번영의 밑거름을 문학의 거울로 비춰 보는 것도 의미 있는 일이다.

눈물 젖은 '달러 박스', 원양어업

우리나라 최초의 원양어선 지남호(指南號)가 부산항을 출발한 것은 1957년 6월 29일. 배 이름은 '남쪽으로 뱃머리를 돌려 부(富)를 건져 올리라'는 뜻이었다.

7월 18일 대만 해상에서 첫 조업을 시도했지만 허탕만 쳤다. 필리핀과 싱가포르 해역에서도 실패했다. 참치연승(긴 낚싯줄에 여러 개의 낚시를 달아 잡는 방식)을 해 본 선원이 아무도 없었다. 유일한 경험자인 미국인 어업 고문은 인도양에 도착하기 전 허리를 다쳐 대만에서 하선했다.

8월 15일 새벽 마침내 사람 키만 한 참치를 잡는 데 성공했다. '광복절 참치'여서 의미가 더 컸다. 윤정구 선장은 무선으로 고국에 낭보를 알렸다. 보름간 10t가량을 잡은 뒤 10월 4일 부산으로 귀항했다. 이승만 대통령은 참치(실제로는 새치)를 비행기로 공수해 경무대 뜰에 걸어놓고 외국 대사들과 기념사진을 찍었다. 그만큼 외화 획득에 목을 매던 시절이었다.

이듬해 윤 선장은 남태평양 사모아로 향했다. 훗날 동원그룹을 일군 김재철 회장도 실습항해사로 따라갔다. 사모아 근해에서 1년여 동안 잡은 참치 450t으로 번 돈은 9만 달러. 거액이었다. 배 한 척으로 시작한 한국 원양어선은 1970년대 후반 850척으로 늘었고 선원도 2만3000명에 이르렀다. 아프리카의 라스팔마스 등 세계 28곳에 기지를 둘 정도였다.

라스팔마스는 아프리카 북서부에 있는 스페인령 카나리아제도의 최대 항구 도시다. '야자수(palma·팔마)가 많은 섬'이란 이름처럼 평화롭고 풍광 좋은 명소다. 라스팔마스에서 한국 원양어업의 뱃고동이 처음 울린 것은 1966년. 그해 말 한국 선원 40명을 태운 '강화 1호'가 첫 그물을 끌어올렸다. 다른 배들이 다섯 번 출어할 때 여덟 번 이상 드나들며 밤낮 가리지 않고 일했다. 세네갈, 기니, 시에라리온 등 아프리카 해역 수천km를 누비며 황금어장을 개척했다.

이렇게 벌어들인 달러는 고국으로 송금했다. 1987년까지 21년간 송금한 돈은 8억7000만 달러(약 1조원). 파독 광부·간호사들이 1964~1977년 보낸 1억7000만 달러(약 1900억원)의 다섯 배가 넘었다. 원양어업 외화가 국내 총수출액의 5%를 웃돌기도 했다.

이 피 같은 돈은 목숨을 담보로 한 것이었다. 파도에 휩쓸려 수장된 선원이 부지기수였다. 새벽 조업 중 다른 배에 부딪혀 30여 명이 떼죽음을 당하기도 했다. 월급은 고국으로 부치고 최저생계비로 버티느라 뼈가 부러져도 참고 견뎠다. 3년만 고생하면 집을 장만할 수 있다는 꿈이 없었다면 견디기 힘든 생활이었다. 목숨을 잃은 선원들은 대부분 현지에 묻혔다. 사모아와 라스팔마스 등 8곳의 묘지에 묻힌 영혼이 327명이나 된다.

원양 선원들의 땀과 눈물은 파독 광부·간호사나 중동 근로자에 비해 잘 알려지지 않았다. 우리 선원들이 떠난 해역을 일본 배들이 휩쓸고 중국 어선까지 떼로 몰려드는 원양어업의 숨가쁜 변화를 아는 이도 드물다.

사모아와 라스팔마스 선원묘지에 새긴 박목월 시인의 헌사만 그들을 쓸쓸히 기억할 뿐이다. '땅끝 망망대해 푸른 파도 속에 자취 없이 사라져 갔지만 우리는 그들을 결코 잊지 않을 것이다.'

배 한 척으로 시작한 원양어업

사모아·라스팔마스까지 누벼

커닝에 대리응시까지…… 과거시험 풍경

300여 년 전 한 아낙네가 나물을 캐다가 땅에 묻힌 노끈을 발견했다. 잡아당겨 보니 노끈이 대나무 통 속으로 이어져 과거장인 성균관으로 연결돼 있는 게 아닌가. 대통을 땅에 묻고 노끈을 넣은 후 응시자가 시험문제를 끈에 매달아 내보내면 밖에서 답안지를 작성해 들여보내려 했던 것이다. 그야말로 첨단기술까지 동원한 시험 부정의 증거였다.

'숙종실록'에 기록된 이 사건의 범인은 끝내 잡지 못했다고 한다. 조선 중기 이후 시험 부정이 얼마나 심했는지 보여주는 사례다. 과거장에 들어갈 때부터 좋은 자리를 차지하기 위해 주먹패나 하인 등 선접꾼을 앞세워 몸싸움을 벌이는 바람에 사상자가 속출했다니 과거장이 아니라 아수라장이었다. 연암 박지원이 '응시자가 수만 명인데 서로 밀치고 짓밟아 죽고 다치는 사람이 많았다'며 '열에 아홉이 저승 문턱까지 갔다 왔다'고 할 정도였다.

3년에 한 번 33명을 뽑는 시험에 10만여 명까지 몰렸다. 경쟁이 치열할 수밖에 없었다. 과거 급제가 아니면 출세할 길이 없으니 더 그랬다. 임시 장날에 투전꾼과 건달들이 모여 난리를 피우는 걸 '난장판'이라고 하는데, 이 말도 북새통을 이룬 과거시험장에서 유래한 것이다. 국가 인재를 뽑는 근엄한 행사와는 거리가 한참 멀었다.

답안지 바꿔치기는 예사였고 대리시험을 치르거나 채점관을 매수하기도 했다. 대리시험 전문가는 거벽(巨擘)으로 불렸다. 커닝페이퍼를 붓대와 옷 속에 넣어가는 정도는 애교에 속했다. 콧구멍에 쪽지를 숨겨간 사람도 있었다. 응시자가 많아 채점관이 첫 몇 줄만 읽고 일찍 낸 답안지만 보는 폐단 때문에 4~5명이 나눠 쓴 뒤 합쳐서 내는 편법까지 등장했다.

고종 때는 과거를 돈으로 사는 일까지 생겼다. 재정난 때문에 초시 합격증을 200~1000냥에 판 것이다. 이 무렵에 낙방한 이승만·김구 등 가난한 집안 자제들이 기독교와 동학에 각각 투신한 것도 이런 좌절감 때문이었다고 한다. 부정행위를 엄단하는 규정이 없는 건 아니었다. 3~6년간 응시 기회를 박탈하고 곤장 100대와 징역 3년에 처하는 등의 처벌 조항이 있었지만 유야무야되고 말았다.

얼마 전 운현궁에서 열린 조선시대 과거제 재현행사에 도포차림의 어르신들이 대거 참여했다. 돗자리 위에서 한시백일장에 열중하는 모습이 진지했다. 한 외국인 꼬마가 시험장에 들어가보면 안 되느냐고 아빠를 조르는 모습이 앙증스러웠다.

우린 왜 인쇄혁명이 없었나

구텐베르크의 아버지는 조폐국에서 일했다. 당시 금화는 문양을 새긴 펀치로 금덩어리를 때려서 만들었다. 구텐베르크는 이를 응용한 주형을 만든 뒤 금속활자를 개발했다. 그는 이것을 하나씩 나무틀에 심어서 조판하기로 했다. 문제는 종이에 찍어내는 방법이었다. 고민하던 그의 눈에 양조장의 와인압착기가 들어왔다. 와인을 만들기 위해서는 포도를 압착해야 했는데, 활판을 인쇄기에 세게 눌러서 종이에 찍는 원리를 여기에서 발견한 것이다.

구텐베르크의 인쇄술 발명은 지난 1000년 동안 일어난 인류의 10대 사건 중 1위로 꼽힌다. 그만큼 혁명적인 사건이었다. 그때까지는 책이 귀족의 전유물이었다. 성경을 필사할 수 있는 권한도 가톨릭 수도원만 가졌다. 1455년 라틴어판 '구텐베르크 성경'이 출판되기 전까지는 한 권 필사하는 데 2개월이 걸렸다. 그런데 500권을 인쇄하는 데 1주일도 걸리지 않게 됐다. 책이 널리 보급되자 문자문화의 영향력이 확산됐고 지식의 대폭발이 일어났다.

활자와 인쇄혁명은 종교개혁에도 불을 댕겼다. 1517년 루터가 면

죄부 판매의 부당성을 지적하며 비텐베르크 성(城) 교회 문에 붙인 반박문은 활판인쇄를 타고 순식간에 50여만 부나 배포됐다. 종교개혁의 시작이었다. 그 전에도 인쇄가 없었던 건 아니다. 중국에서는 6세기에 목판인쇄가 등장했고 11세기에는 찰흙으로 구운 교니활자도 나왔다. 우리나라 최초의 금속활자본은 고려 인종 때(1230년)의 '상정예문'이지만 실물은 전하지 않는다. 그래서 1377년의 '직지'가 세계 첫 금속활자본으로 공인됐다.

한때 '직지'보다 138년 이상 앞선 활자로 알려진 증도가자(證道歌字)는 진위 논란 끝에 진품이 아닌 것으로 결론 났다. 문화재위원회는 2017년 4월 13일 "증도가자가 오래된 활자이기는 하지만 출처와 소장경위, 교차검증 등이 불가능해 고려시대 금속활자로 판단할 수 없다"고 밝혔다. 이후에도 제작 시기 논쟁은 계속되고 있다.

그런데 구텐베르크의 성서보다 80년이나 앞서 금속활자를 발명한 우리나라에서는 왜 인쇄혁명이 일어나지 않았을까.

많은 요인이 있지만 가장 큰 문제는 문자계급에 의한 지식의 독점이었다. 성현의 가르침은 대량 복제하지 말고 붓글씨로 정성들여 쓰면서 배워야 한다는 유교적 세계관이 작용했다. 서예가 발달한 나라에서 인쇄술이 힘을 못 썼다는 얘기다. 활자 주조와 인쇄를 중앙 관청이 맡았던 것도 이 때문이다. 인쇄술을 통해 대중에게 지식을 널리 보급한 서양과는 대조적이었다. 앞선 기술은 가졌지만 사회변화까지 이끌지는 못했다.

미학의 역사를 바꾼 사진

초창기에는 사진 한 장 찍는 데 6~8시간이나 걸렸다. 풍경만 찍고 인물은 엄두도 못 냈다. 1839년 프랑스 화가가 은판을 이용한 현상법을 개발한 뒤에야 현대식 사진기가 나왔다. 곧이어 종이인화법 덕분에 복제가 가능해졌다. 1940년대에는 촬영시간이 20분으로 줄었다. 시인 에드거 앨런 포와 작곡가 쇼팽의 사진이 이렇게 해서 빛을 봤다.

사진의 대중화는 1888년 코닥의 롤 필름이 열었다. 당시 100장짜리 필름을 넣은 사진기를 25달러에 내놨다. 이걸 다 찍고 10달러와 함께 보내면 인화해주고 새 필름까지 넣어주는 서비스로 인기를 모았다. 이는 뤼미에르 형제와 에디슨 등의 손을 거쳐 영화 제작에 영감을 줬다.

사진은 현대미술에도 엄청난 영향을 미쳤다. 사실주의 회화가 저물고 인상파 야수파 등 새 미술사조가 등장했다. 발터 벤야민의 표현대로 새롭게 등장한 복제기술은 '지금', '여기'밖에 없는 일품 일회성의 오리지널에 대한 신화를 깨고 미학적 사유의 새 장을 펼치게 했다.

극도의 사실성 덕분에 한 장의 사진은 백 마디 말보다 강했다. 이 때문에 진실과 거짓을 둔갑시키기도 했다. 1920년 한 소녀가 찍은 사진에서 숲속의 요정이 발견되자 전 영국이 흥분했다. 지금 보면 조악한 합성 사진이지만《셜록 홈스》의 작가 코난 도일까지 열광했다. 1989년 루마니아 인종 학살 사진은 더했다. 잔혹한 독재자에 모두 경악했지만 사실은 봉기 주도자들이 공동묘지 시신과 식중독으로 돌연사한 아이로 연출한 것을 사진기자들이 의심 없이 찍은 것이었다.

윤리 논쟁도 자주 불거진다. 굶어 죽어가는 아프리카 소녀 뒤의 독수리를 찍은 사진작가는 퓰리처상을 받았지만 소녀를 구하지 않았다는 비난에 몰려 자살하고 말았다. 환경재앙을 고발하는 사진 중에도 일부러 꾸민 사실이 뒤늦게 들통 나는 경우가 허다하다.

한국 최초로 사진에 찍힌 사람은 고종으로 알려져 있지만 실제로는 1863년 청나라에 간 사신이었다. 당시만 해도 영혼을 뺏긴다고 겁을 냈다는데 다른 나라도 비슷했다. 이젠 디지털 혁명으로 스마트폰이 사진기를 대신하는 시대가 됐다. 한편에서는 아날로그만의 색채를 즐기는 마니아층이 늘고 있다. 피사체는 그대로인데 광학기술은 날로 변한다.

송편이 반달 모양인 까닭

추석 밥상에는 햅쌀의 향기가 그윽하다. 밥도 떡도 새 쌀로 짓고 빚기 때문이다. 한가위 대표 음식인 송편의 원래 이름은 '오려송편'이다. '오려'란 제철보다 일찍 여무는 올벼를 뜻한다. 송편이란 이름은 떡 사이에 솔잎을 깔고 찐다는 의미로, 소나무 송(松)과 떡 병(餠)을 붙여 부르던 데서 유래했다. 송편에는 햅쌀과 솔잎 향이 함께 배어 있다.

추석에는 달도 둥글고, 과일도 둥글고, 마음도 둥글어진다. 그런데 송편은 왜 반달 모양일까. 중국이나 일본의 달떡(月餠)이 모두 둥근 것과 대조적이다. 여기에는 점점 기울어지는 보름달보다 앞으로 가득 차오를 반달을 중시한 우리 조상들의 우주관이 담겨 있다.

옛날에는 '대추 밤을 돈사야' 추석을 지냈다. '돈사다'는 곡식이나 과일을 팔아 돈을 장만하다는 뜻이다. 노천명 시 '장날'에 나오듯이 아버지는 '이십 리를 걸어 열하룻장을 보러' 새벽에 떠났다가 '송편 같은 반달이 싸릿문 위에 돋고' 나서 돌아왔다. 장바구니에서 고깔과 자며 때때옷이 나올 때마다 아이들은 보름달처럼 환하게 웃었다.

요즘은 이런 풍경을 볼 수 없다. 차례 음식도 가정간편식으로 간소하게 차린다. '추석 상세트'가 전통시장의 추석 상차림 비용보다 싸다. 조리가 까다로운 동태전과 해물동그랑땡, 재료 손질에 손이 많이 가는 나물류 볶음도 쉽게 구입할 수 있다.

1·2인 가구가 늘고 '명절은 쉬는 날'이라는 인식이 확산되면서 생긴 변화다. 온라인쇼핑몰의 설문조사 결과 3040세대 남녀의 45%가 명절 음식으로 가정간편식을 활용한다고 답했다. 예전처럼 송편 빚느라 밤잠을 설칠 필요도 없다. 그렇게 아낀 시간만큼 밥상머리 대화가 늘어난다.

올 추석 밥상에서도 온갖 대화가 오갈 것이다. 젊은이들이 지겨워하는 취직, 결혼, 임신 얘기에 이어 정치 담론까지 다양한 화제가 이어질 것이다. 여야 정치인들은 추석 연휴가 시작되기도 전에 귀성인사를 하며 '밥상 민심'을 사기 위해 분주히 나다닌다.

정치인들의 현란한 수사와는 달리 주머니 얇은 서민들에게는 가장 중요한 것이 먹고사는 문제다. 일자리가 늘고 벌이가 좋아져야 가계소득이 증가하고 분배지표도 호전된다. 그렇지 못한 현실에서 그저 '희망 고문'에 불과한 말들만 넘친다면 모처럼의 가족 밥상이 초라해지고 만다.

저 달빛엔 꽃가지도 휘이겠구나!

'추석 전날 달밤에 마루에 앉아/온 식구가 모여서 송편 빚을 때/그 속 푸른 풋콩 말아넣으면/휘영청 달빛은 더 밝어 오고/뒷산에서 노루들이 좋아 울었네./"저 달빛엔 꽃가지도 휘이겠구나!"/달 보시고 어머니가 한마디 하면/대수풀에 올빼미도 덩달어 웃고/달님도 소리내어 깔깔거렸네./달님도 소리내어 깔깔거렸네.'

미당 서정주의 시 '추석 전날 달밤에 송편 빚을 때'다. 한가위에 온 식구가 마루에 둘러 앉아 풋콩을 넣으며 송편을 빚는 모습이 따스하고 정겹다. 단어도 모두 둥글다. 달밤과 마루, 식구와 송편, 풋콩과 뒷산 노루, 대수풀과 올빼미가 휘영청 달님과 함께 깔깔거리는 정경이라니…….

이처럼 한가위는 달빛이 가장 좋은 가을의 한가운데 달이자 팔월(음력)의 한가운데 날이다. 그래서 사람들은 천리길을 마다않고 고향으로 간다.

"힘드니까 오지 마라"는 어머니 말씀은 해마다 꺼내 쓰는 사랑의 거짓말이다. 선물 보따리를 들고 저마다 고향집을 찾는 것은 그곳이 곧 어머니와 아버지의 품이기 때문이다. 단풍 고운 길 가로 굴렁쇠처럼 보름달이 굴러가면 먼 산 능선 위로 그리운 얼굴들이 솟아오르고, 감나무 가지에도 주렁주렁 달이 열리는 곳.

고향집이 '내 집'보다 '우리 집'인 것은 은은한 불빛 속에 장작 냄새가 배어나는 존재의 거푸집이기 때문이다. 그 속에서 우리는 태중의 평화와 행복을 다시 느낀다. 일찍 익은 벼로 떡을 찌고 햇것으로 속을 채운 올벼송편의 맛은 또 어떤가. 햇밤이며 대추, 콩, 팥의 은은한 냄새도 어머니를 연상케 한다.

온몸이 함박꽃인 어머니는 잘 익은 알곡처럼 손주들이 무럭무럭 자라라며 연신 손을 모은다. 쌀을 씻으면서도, 문 밖을 내다보면서도, 하늘을 올려다보면서도 늘 그랬던 표정이다. 추석을 지낸 다음에는 마디 굵은 저 손으로 땀 흘려 농사지은 고추, 참깨, 호박 등을 돌아가는 자식들 차에 또 바리바리 실어줄 것이다.

하지만 넉넉하고 배부를수록 남을 돌아보는 것도 잊지 말 일이다. 어디에서는 멀건 시래기국에서 달을 건져내는 사람이 있고, 달빛 가득한 빈 사발에 얼굴을 비춰보는 외로운 이도 있을 것이다.

서로를 찔러대던 가시 돋친 말들도 송편처럼 둥글둥글해지면 좋겠다. 어릴 때 잘못한 일들이 떠오를 때마다 부드럽게 머리를 쓰다듬어주는 달빛처럼, 탱자나무 가시울타리를 노랗게 보듬어 안은 저 탱자와 유자처럼.

chapter 4

혼자 여행할 땐 새우를 먹지 말라

밥뚜껑 위의 '공손한 손'

단풍이 다 익기도 전에 얼음이 얼었다. 한라산엔 벌써 첫 상고대. 서리를 뒤집어 쓴 나뭇가지들이 창백하다. 때 이른 한파에 전국이 얼어붙었다. 결빙의 시절이다.

몸을 움츠리고 점심 먹으러 가는 길. 화톳불을 피우고 언 손을 녹이는 상인들의 표정에 그늘이 짙다. 먹는 일조차 사치 같다. 따뜻한 밥공기에 손을 얹으며 생각한다. 무엇이 우리를 급랭의 한기 속으로 밀어 넣은 것일까.

고영민 시 '공손한 손'이 떠오른다. '추운 겨울 어느 날/점심을 먹으러 식당에 들어갔다/사람들이 앉아/밥을 기다리고 있었다/밥이 나오자/누가 먼저랄 것 없이/밥뚜껑 위에 한결같이/공손히/손부터 올려놓았다.'

하긴 밥이 곧 삶이다. 시인의 은유가 아니어도 밥 앞에서 우리는 겸손해진다. 삶과 죽음이 밥 앞에 평평하다. 추운 날 밥뚜껑 위에 공손히 올려놓는 손은 그래서 가장 겸손한 생의 맨살이다.

숟가락을 달그락거리며 국을 뜨는 동안 다시 생각한다. '조선총독부가 있을 때/청계천변 10전 균일상 밥집 문턱엔/거지소녀가 거지장님 어버이를/이끌고 와 서 있었다/주인 영감이 소리를 질렀으나/태연하였다//어린 소녀는 어버이의 생일이라고/10전짜리 두 개를 보였다.'(김종삼 시 '장편(掌篇) · 2' 전문)

사정 모르고 소리를 지르는 밥집 영감이 혹 우리는 아닐까. 그 앞에서 태연하게 눈을 반짝이는 소녀에게 10전짜리 두 개는 또 어떤 의미일까. 세상이 각박해졌다고, 나라꼴이 한심하다고 종주먹을 들이대는 일이야 누구나 할 수 있다. 아무런 처방 없이 칼부터 들이대면 돌팔이와 다를 게 없다. 칼은 사람을 살리는 메스이기도 하고 사람을 죽이는 흉기이기도 하다. 진짜 어려울 땐 칼질이나 돌팔매를 멈추고 근본으로 돌아가야 한다. '밥뚜껑 위에 한결같이/공손히' 손을 올려놓는 일이 먼저다.

그러기 위해서는 여백과 성찰이 필요하다. 잠시 거리를 두는 게 중요하다. 백거이도 '달팽이 뿔 위에서 서로 싸운들/얻어야 한 가닥 쇠털뿐인 걸/잠시 분노의 불길을 끄고/웃음 속 칼 가는 것도 그치고/차라리 여기 와 술이나 마시며/편히 앉아 도도히 취하느니만 못하리'('술이나 마시게(不如來飮酒)')라고 했다.

세상의 먼지가 짙을수록, 나라 안팎이 어지러울수록, 체감기온이 낮을수록 우리 삶의 뿌리를 돌아볼 일이다. 웃음 속에 칼을 품은(笑中有刀) 사람마저도 밥 앞에는 두 손을 공손히 모으는 것을.

웃음 속에 칼을 품은 사람도……

다섯 가지 맛 도다리쑥국

산들거리는 봄바람 때문일까. 도다리쑥국 생각이 간절했다. 30분 일찍 출발했지만 벌써 줄이 길다. 한동안 기다려서야 자리에 앉았다. 이윽고 만난 봄도다리와 햇쑥의 향미! 뽀오얀 국물에 부드러운 살, 그 위에 올라앉은 연초록 쑥잎의 향기……. 풋풋한 봄내음처럼 상큼하고, 은은하며, 담백하고, 쌉싸름한 뒷맛까지 감도는 것이 도다리쑥국의 진짜 맛이다.

하얀 속살과 파릇한 쑥의 자태에 눈이 먼저 호사한다. 싱그러운 향미는 코를 자극하고, 바다와 들판의 미감이 혀를 휘감는다. 어린 날 추억은 마음을 어루만지고, 숟가락에까지 배어나는 봄 향기는 온몸을 보듬어 안는다. 그러니 도다리쑥국맛은 한 가지가 아니라 다섯 가지다. 눈과 코, 혀를 지나 가슴, 몸 전체로 퍼져가는 오미(五味)의 향취에 여운마저 길다.

가자밋과인 도다리는 대부분 자연산이다. 성장 과정이 3~4년이나 걸려 양식이 쉽지 않다. 일부 강도다리만 따로 키울 뿐이다. 생김새는 납작한 광어(넙치)와 닮았다. 둘을 구별하는 법은 의외로 간단하다. 광어 눈은 왼쪽, 도다리 눈은 오른쪽에 쏠려 있다. '좌광 우도'로 기억하면 된다. 광어는 입이 더 크고 날카로운 이빨도 있다. 도다리에는 이빨이 없다. 살은 광어보다 진한 분홍색을 띤다.

도다리는 고급횟감으로도 인기다. 육질의 탄력성이 아주 좋아 쫄깃쫄깃한 식감이 일품이다. 단백질이 우수한 반면 지방과 열량은 적어 다이어트에 효과적이다. 간기능 향상에도 좋아 주당들의 해장국으로 그만이다.

갓 뜯은 쑥은 비린 맛을 없애 주고 국물을 개운하게 한다. 쑥에는 비타민 A와 C, 철분이 많아 피를 맑게 하고 몸을 따뜻하게 해준다. '7년 앓은 병 3년 묵은 쑥 먹고 고쳤다'는 말이 있을 정도다.

어릴 적 어머니는 멸치 육수에 된장을 풀고 도다리를 넣은 다음 살이 익을 때쯤 쑥과 다진 마늘을 살짝 얹어 넣었다. 옆집 식구들은 육수 대신 쌀뜨물을 쓰기도 했다. 북쪽 사람들은 살과 뼈가 연한 물가자미로 가자미식해를 만들어 먹었다. 원래는 함경도 음식이지만 전쟁 후 피란민들에 의해 남쪽에 전파됐다.

시인 백석은 '흰밥과 가재미와 나는/ 우리들은 그 무슨 이야기라도 다 할 것 같다'고 노래했는데, 이유는 '맑은 물밑 해정한 모래톱에서 허구 긴 날을 모래알만 헤이며 잔뼈가 굵은 탓'이라고 했다.

점심을 먹고 청계천을 지나 교보문고까지 가는 동안에도 몸에서 도다리쑥국 향이 나는 듯했다. 어디선가 개구리가 뛰어나올 것 같은 봄의 초입. 바람에 손등을 문지르다 보니 어느새 경칩이다.

“홀로 여행할 땐 새우를 먹지 말라”

‘가을 새우는 굽은 허리도 펴게 한다.’

허리를 구부린 노인과 닮았다 해서 해로(海老·바다의 노인)라고도 불리는 새우. 넓은 냄비에 굵은 소금을 깔고 살이 통통하게 오른 왕새우를 구워먹는 맛은 가을 별미 중에서도 으뜸으로 꼽힌다. 고소하고 바삭한 불맛에 입안을 가득 채우는 새우향, 껍질에 배어든 소금맛까지 어우러져 군침을 돋운다. 본초강목에 ‘혼자 여행할 땐 새우를 먹지 말라’고 기록돼 있을 정도로 양기를 북돋는 스태미너식이기도 하다.

새우에는 단백질과 칼슘, 비타민B 등이 많이 들어 있어 골다공증, 고혈압 등 성인병 예방에도 좋다고 한다. 간 해독 작용도 뛰어나다. 항산화성분인 아스타크산틴이 풍부하다. 필수 아미노산인 라이신 함량도 높아 곡류를 많이 섭취하는 한국인에게 특히 좋다고 한다. 단백질을 구성하는 아미노산 중 아르기닌 성분이 다른 어류나 육류보다 2~3배 많다. 그래서 정력제로 간주된다. 한 번에 수십만 개의 알을 낳는 생명력의 상징이기도 하다.

이처럼 몸에 좋은 식품이지만 콜레스테롤 유발 식품이라는 오해를 사기도 한다. 그러나 새우에는 나쁜 콜레스테롤(LDL)보다 좋은 콜레스테롤(HDL)이 더 많다. 새우껍질에 있는 키토산은 지방 침착을 막고 몸 밖으로 불순물을 내보내는 기능을 한다. 새우를 굽거나 튀겨 먹을 때 껍질과 꼬리를 같이 먹으면 키토산을 많이 섭취할 수 있다.

술 마실 때 새우를 안주로 먹으면 잘 취하지 않는다. 새우의 타우린 성분이 간 기능을 좋게 하고 알코올 분해를 돕기 때문이다.

궁합이 잘 맞는 음식은 아욱이다. 비타민A와 C를 보충하고 몸속의 독소 배출을 돕기에 신장결석 치료에도 도움이 된다. 양배추 역시 찰떡궁합이다.

우리가 먹는 새우는 주로 보리새우류(prawn)와 생이류(shrimp)다. 남해안에서 많이 나는 보리새우(일명 오도리), 서해의 왕새우(대하)와 중하, 꽃새우 등이 보리새우류다. 동해의 도화새우(붉은새우), 북쪽분홍새우(단새우), 동남해안의 자주새우(진흙새우), 서해의 돗대기새우는 생이류다. 보리새우는 꼬리와 다리 부분의 노란 빛깔이 노랗게 익은 보리를 닮았다고 해서 붙은 이름이다.

9월쯤이면 서해안이 대하축제로 들썩인다. 대하는 보리새우과에 속하는 자연산 왕새우, 큰새우를 말한다. 그런데 요즘은 현지에서도 대하를 보기 어렵다. 자연산 대하가 아니라 양식 흰다리새우가 대부분이다. 크기가 비슷하고 맛 차이도 거의 없지만 엄밀하게는 다른 것이다.

대하는 뿔이 머리보다 길고 수염도 몸의 2~3배에 이른다. 대하는 성질이 급해서 잡혀오면 금방 죽는다. 수족관에서 헤엄치는 것은 거의 다 흰다리새우다. 태평양이 원산지인 이 새우는 우리 기후와 잘 맞아서 생산량도 늘고 있다.

젓갈로 담는 젓새우나 돗대기새우, 새뱅이 등은 어획 시기에 따라 이름이 다르고 값도 천차만별이다. 이 중 김장용으로 많이 쓰이는 것이 육젓이다. 새우젓 중에서도 깨끗한 민물에서 잡은 토하(새뱅이)를 제일로 친다. 맑은 하천이나 논가에 사는 토하는 소화촉진과 항암 효과도 뛰어나다고 한다.

양식과 자연산 새우와의 차이점은 수염과 다리에 있다. 자연산은 수염이 길고 다리는 붉은색을 띤다. 양식 새우의 다리는 하얗다. 자연산이든 양식이든 새우 맛을 보지 않고 가을을 보낼 순 없다. 더욱이 굽은 허리까지 펴게 한다지 않는가.

자연산 다리는 붉은색

양식 다리는 하얀색

가을고등어는 며느리도 안 준다

한 달간의 금어기(禁漁期)를 끝낸 고등어잡이 배들이 일제히 출항한다. 대규모 선단이 파도를 가르며 나아가는 모습이 장관이다. 어린 고등어들이 제대로 자라도록 금어 기간을 둔 지는 10년 정도 됐지만 이렇게 출어(出漁) 행사를 치른 건 최근 일이다. 국내산 고등어의 80~90%를 취급하는 부산에서는 이를 관광상품화하려는 움직임도 있다.

고등어를 '등급 높은 물고기(高等魚)'로 착각하기도 하지만 본래 이름은 '등이 부풀어 오른 물고기'란 뜻의 고등어(皐登魚)다. 정약전이 자산어보에서 '푸른 무늬 물고기'라는 의미의 벽문어(碧紋魚)라 했으니 '등 푸른 고기'도 꽤 오래된 표현이다. 동국여지승람에는 옛 칼의 모습을 닮았다 해서 고도어(古刀魚)로 기록돼 있다.

일본에서는 사바(鯖)라 하는데 이 역시 고기 어(魚)에 푸를 청(靑)이 붙은 글자다. 고등어 두 마리(한 손)를 뇌물로 가져간 데서 '사바사바'란 말이 생겼다는 속설이 전한다.

고등어는 우리나라 사람들이 가장 좋아하는 '국민생선'이다. 맛도 좋고 영양도 뛰어나다. 비타민B2와 철 성분이 풍부한 데다 참치, 견과류, 들기름에 많은 오메가3 지방산까지 듬뿍 들어 있다. 불포화지방산은 기억력 증진을 돕고 우울증과 치매를 예방하며 혈압까지 낮춰주니 금상첨화다.

다만 고등어는 성질이 급해서 잡은 뒤 바로 먹거나 냉장해야 한다. 신선한 상태로는 회로 먹을 수 있지만 지방이 많아 산패 위험이 높다. 그물도 고등어 떼가 알아차리기 전에 재빨리 쳐야 한다.

맛있는 고등어를 고르는 요령은 큰 놈을 택하는 것이다. 지방이 많아 고소하고 간도 잘 밴다. 9~10월에 가장 살이 쪄 '가을고등어는 며느리도 안 준다'는 속담까지 생겼다. 불에다 굽는 고갈비, 소금에 절인 간고등어·자반고등어, 무를 넣은 조림 등 요리법도 다양하다. 요즘은 전용수족관 덕분에 회도 즐길 수 있다.

안동 간고등어는 운송 과정의 염장 덕분에 감칠맛이 난다. 고등어에 소금을 치는 사람들을 간잽이라고 불렀는데 이들의 손맛에 따라 상품의 등급이 좌우될 정도였다. 안동 간고등어가 세종실록에도 등장한다는 얘기는 다소 과장된 듯하다. 명나라 사신이 고등어를 비롯한 건어물들을 요구한다는 내용은 있지만 이는 염장이 아니라 말린 고등어를 가리키는 것이다. 고등어를 본격적으로 소비한 것은 일제강점기부터다.

일본인은 고등어 초절임인 시메사바(しめさば)를 즐긴다. 식초로 산패를 막고 비린내까지 잡아주기 때문에 풍미가 짙다. 그래서 회보다 초절임을 좋아하는 사람이 많다. 식초에 한 시간가량 담갔다 숙성

시키는데 이때 간잽이처럼 요리사의 손끝에 따라 맛이 천차만별로 달라진다.

고등어는 떼를 지어 다니므로 낚시로는 잡을 수 없다. 주변을 배로 돌며 그물을 치고 밑 부분을 좁혀 가둬서 잡는다. 통영과 제주에서는 양식도 한다. 적절한 시기에 영양이 풍부한 사료를 먹여서 상품가치가 높기 때문에 자연산보다 비싸다.

고등어잡이 배들의 화려한 출어를 보면서 만선의 기쁨을 함께 그려본다. '국민생선'값이 안정되면 우리 식탁도 그만큼 풍요로워지겠다.

새의 부리 닮은 새조개와 '조개의 여왕' 대합

몇 년 전에는 귀하더니 올해는 새조개가 풍작이다. 바닷속 해초류가 풍부해서 예년보다 어획량이 늘었다고 한다. 새조개는 산란을 앞둔 1~2월에 살이 통통하고 맛도 최고다.

담백하면서 입 안 가득 달큼한 맛이 감도는 겨울 별미! 생으로 먹어도 괜찮지만 식중독균 노로바이러스를 피하려면 뜨거운 물에 살짝 익혀 먹는 게 좋다. 일명 '새조개 샤부샤부'다. 그중에서도 새 부리를 닮은 발 부위가 최고다. 취향에 따라 초장, 간장, 쌈장에 찍어 먹어도 된다.

새조개는 살이 새의 부리와 비슷하다 해서 붙인 이름이다. 충남 남당항 등 서해안 일대와 남해안 전역에서 많이 난다. 단백질과 필수 아미노산, 글리코겐이 풍부하고 감칠맛을 내는 호박산과 글루타민산이 많아 웰빙식으로 인기다. 타우린과 베타인 성분에 강장 효과까지 들어 있으니 금상첨화다.

새조개에 견줄 만한 조개로 대합을 꼽을 만하다. 대합은 맛이 깔끔하고 고급스러워 전복에 버금간다는 평가를 받는다. 그래서 옛 궁중연회에 자주 쓰였다. 껍질이 매끄럽고 윤이 나며 아래위가 맞물린 모습이 부부 화합을 상징한다 해서 일본에선 혼례상에 오른다. 신선한 대합은 회로 먹고 탕, 찌개, 전골로도 즐긴다. 살을 발라 전을 부치거나 제 껍데기에 도로 넣어서 찜, 구이를 하는데 숯불에 노릇하게 구운 대합 살의 깊은 맛은 진미 중 진미다.

대합은 한겨울 지나 2월부터 맛이 더 깊어진다. 큰 몸집에 껍데기 길이가 8cm를 넘고 높이도 6cm 이상이어서 대합(大蛤)으로 불린다. 두꺼운 껍데기는 바둑돌로 활용되고, 태운 가루는 고급 도료에 들어간다. 표면색과 무늬가 아름다워 보석, 인테리어 세공으로도 인기다. 내적 풍미와 외적 미감을 겸비한 '조개의 여왕'답다.

새조개나 꼬막, 대합 가릴 것 없이 안주와 해장용 술국으로도 그만이다. 주당들에겐 이보다 좋은 겨울 진객이 따로 없다.

벌교 앞바다의 꼬막 삼총사

겨울꼬막은 쫄깃하고 맛있다. 간간하고 알큰하면서 배릿한 맛까지 배어 있다. 산란 후 살이 통통하게 차오르는 11~3월이 제철이다.

꼬막은 벌교산을 최고로 친다. 벌교 앞바다 여자만(汝自灣)의 갯벌이 최적의 입지조건을 갖췄기 때문이다. 꼬막은 참꼬막, 새꼬막, 피조개 세 종류로 나뉜다. 모양이 조금씩 다르다. 제일 비싼 참꼬막은 둥근 새색시 같고, 저렴한 새꼬막은 털북숭이 선머슴 같다. 덩치가 큰 피조개는 까만 털에 피까지 머금고 있어 금방 구분할 수 있다.

참꼬막은 밀물 때 잠겼다 썰물 때 드러나는 간석지에서 자라지만, 새꼬막은 수심이 더 깊은 곳에 산다. 참꼬막은 4년을 기다려 갯벌에 들어가 채취하고, 새꼬막은 2년 만에 배로 대량 채취한다. 참꼬막이 서너 배 비싸다.

피조개의 육즙이 붉은 것은 철을 함유한 헤모글로빈 때문이다. 피조개는 자연산보다 양식의 품질이 더 좋아 값도 3배나 높다. 피조개 앞에서 자연산 찾는 사람은 얼치기다.

꼬막에는 비타민, 단백질, 필수아미노산 등이 많다. 단백질은 꼬막 영양 성분 중 14%를 차지해 성장기 어린이와 뼈가 약한 노인에게 좋다. 간 기능을 좋게 하고 콜레스테롤을 막는 타우린, 동맥경화를 예방하는 베타인, 항산화와 노화 억제에 관여하는 셀레늄도 풍부하다.

최상의 요리 비법은 데치는 데에 있다. 30분 이상 소금물에 담가 뻘을 빼고 깨끗이 씻어 냄비에 넣은 뒤 거품이 오르면 금방 불을 꺼야 한다. 푹 삶으면 질겨지므로 입을 살짝 벌렸을 때 꺼내는 게 포인트다. 벌교 사람들의 진짜 노하우는 따로 있다. 물을 붓지 말고 마른 냄비에 구워내듯 익히는 것이다. 그래야 꼬막맛을 온전히 느낄 수 있다고 한다.

맛도 좋고 영양도 뛰어난 꼬막은 겨울 한철 누구나 '착한 가격'에 즐길 수 있다. 어쩌다 여름 고수온 현상에 이상한파가 겹치면 꼬막 값이 금값이 돼버린다.

'꼬막 삼총사' 맛을 다 보기는 어렵지만 쫄깃하고 감칠맛 나는 겨울 진객을 그냥 보내기도 아쉽다. 온가족이 저녁 밥상에 둘러앉아 숟가락으로 꼬막 궁둥이를 까며 모처럼 웃음꽃을 피워보는 건 어떨까. 발그레한 외서댁 얼굴빛을 닮은 달빛까지 곁들이면서.

굴 따는 어부 딸의 얼굴은 하얗다

잘 차려입은 남자들이 커다란 원형 식탁에 앉아 손으로 굴을 먹느라 여념이 없다. 하녀의 은쟁반엔 방금 깐 굴이 가득하다. 바닥엔 빈 껍데기들이 즐비하다. 싱싱한 굴 향기가 금방이라도 온 방안을 가득 채울 듯하다. 몇 명은 벌써 포만감에 젖어 반쯤 누운 자세다. 벌거벗은 비너스와 큐피드가 기둥 옆에서 이들을 내려다보고 있다.

프랑스 화가 장 프랑수아 드 트루아의 그림 '굴이 있는 점심식사'는 거대한 연회장 풍경을 통해 굴과 미식, 정력과 욕망의 관계를 은유적으로 보여준다.

바람둥이 카사노바의 일화에도 빠지지 않는 게 굴이다. 그는 식탁과 욕조를 오가며 하루에 굴을 50개 이상 즐겼다고 한다. 독일의 철혈재상 비스마르크는 그보다 세 배나 되는 굴을 먹어치웠다고 한다. 나폴레옹은 전쟁터에서도 굴을 꼭 챙겨먹었고, 제임스 조이스의 소설《더블린 사람들》에도 주인공이 여자를 만나러 갈 때 굴을 먹는 장면이 등장한다.

고대 로마의 황제들도 굴을 좋아했다니 굴과 정력의 상관관계는 오래전부터 잘 알려졌던 모양이다. 기원전 1세기부터 굴을 양식했다는 기록이 있다. R자가 들어가지 않는 달(5~8월)에는 굴을 먹지 않는 풍습도 오래됐다. 그도 그럴 것이 봄에서 여름까지는 산란기여서 독성이 많고, 가을에서 겨울까지가 가장 맛있다.

굴은 영양가가 풍부해 서양에서는 '바다의 우유'로 불리고, 동양에선 바위에 붙은 꽃이라는 뜻의 석화(石花)라고 불렸다. 보통음식에 적게 들어 있는 무기염류성분인 아연과 셀레늄, 철분, 칼슘, 비타민 A · D가 많으니 그렇게 불릴 만하다. 풍부한 미네랄 성분이 성적 에너지를 자극하기 때문에 '사랑의 묘약'으로 불린 까닭도 여기에 있다.

싱싱한 굴을 고르는 방법은 비교적 간단하다. 살이 통통하고 광택이 나며 유백색 가장자리에 검은 테가 또렷하게 난 것이 좋다고 한다. 살이 퍼지고 희끄무레해 보이면 오래된 것이다. 천연 굴은 잘고 양식 굴은 좀 더 크다. 생굴뿐만 아니라 달걀을 씌워서 지지는 굴전, 굴국이나 찌개, 굴밥, 굴죽도 별미다. 붉은색 어리굴젓과 소금에 절인 석화젓 또한 밥도둑이다.

찬바람이 부는 겨울 별미로 굴만한 게 따로 없다. 남자들에게만 좋은 것도 아니다. '배 타는 어부 딸 얼굴은 까맣고, 굴 따는 어부 딸 얼굴은 하얗다'는 말이 있을 정도로 여성의 피부 미용에 좋다고 한다. 골다공증 예방 효과까지 있다니 남녀노소 모두에게 이롭다. 주말 식탁에 굴껍질이 가득한 모습만 상상해도 침이 고인다.

'꼼장어구이'에 산성막걸리 한잔

몸과 마음이 다 허기졌던 스무 살 봄날, 영도다리 아래에서 연탄불에 구워먹던 '꼼장어' 맛을 잊지 못한다. 꼬들꼬들하면서도 매콤하고 구수하게 녹아드는 그 맛의 저변에는 알 수 없는 쓸쓸함이 배어 있었다. 포장마차 불빛은 파도 소리 따라 잔잔히 흔들리고, 젊은날의 슬픔도 함께 출렁거렸다. 가수 현인의 노래처럼 영도다리 난간 위에 외로이 뜬 '초생달'을 보며 밤 늦도록 소줏잔을 기울이던 추억 속의 그 봄날.

표준어로는 곰장어(학명 먹장어)이지만 '꼼장어'라고 해야 제 맛이 나는 이 바닷고기는 가난한 시대의 산물이다. 광복과 6·25 와중에 배고픔을 달래려고 먹기 시작했다. 이전까지는 식용이 아니었다는데, 매콤한 고추장과 연탄화덕의 불맛이 이 신종 메뉴에 향미를 더했다. 피란통의 궁핍과 아픔을 견딘 자갈치 아지매들의 삶이 거기에 녹아 있다. '수박등 흐려진 선창가 전봇대'와 '사십 계단 층층대에 앉아 우는 나그네' 마음까지 다독이던 눈물의 안주이자 끼니였다.

비슷한 생김새 때문에 '아나고'와 혼동하는 사람들이 많다. 고소한 회맛으로 유명한 아나고는 부산 인근에서 잡히는 붕장어의 일본 이름이다. 요즘은 횟감이 다양해져서 인기가 옛날 같지는 않지만 막장이나 초장에 쌈을 싸먹는 아나고의 진미는 여전히 부산의 자랑이다. 상추, 깻잎, 풋고추, 생마늘과 함께 먹는 그 맛을 잊지 못해 서울의 횟집 골목을 전전하는 중년들이 많다.

피란민 덕분에 더 유명해진 돼지국밥도 부산의 별미다. 돼지고기와 순대, 내장을 듬뿍 넣은 뚝배기 국에 밥을 말고 새우젓과 부추무침을 곁들여 한 그릇 하고 나면 부러울 게 없었다. 복국이나 시래기국 같은 부산 특유의 해장국도 이곳 사내들의 호쾌한 기질과 맞는 음식이다. 국제시장 사거리를 중심으로 부평동 깡통시장의 어묵과 족발 향기는 또 어떤가.

동래파전과 금정산성막걸리도 빼놓을 수 없다. 동래파전은 다른 지역과 달리 해산물을 풍부하게 넣고 간장 대신 초고추장과 함께 먹는다. 단백질과 철분 함량이 높고 양도 푸짐해서 막걸리 안주로 최고다. 500년 전통의 산성막걸리는 쌀과 누룩을 7 대 4 비율로 섞어 빚는다. 그래서 숙성미가 뛰어나고 맛도 좋다.

부산 음식의 특성을 한마디로 말할 순 없다. 역사와 환경, 지리와 사람의 기질이 한데 버무려진 종합해물탕 맛이랄까. 전쟁 중에 팔도 사람을 다 받아들이고 그 속에서 새로운 풍미를 찾아낸 항구 도시의 개방성도 부산만의 특징일 것이다.

홍어와 가오리는 어떻게 다른가

홍어 맛을 처음 본 건 서른 무렵이었다. 톡 쏘는 맛이 어찌나 강한지 숨이 턱 막혔다. 콧속이 알싸한가 싶더니 입천장이 순식간에 헐었다. 막걸리가 아니었으면 내상이 더 심했을 것이다. 홍어 특유의 냄새는 체내의 요소(尿素) 성분이 암모니아로 분해되면서 나오는 것이다. 짚이나 종이에 싸 항아리 속에 묵혔다가 먹는데, 이는 썩히는 게 아니라 삭히는 것이어서 발효미가 더하다.

홍어와 막걸리(탁주)가 잘 어울린다 해서 홍탁(洪濁), 홍어 김치 돼지편육 세 가지를 합쳐 먹는다 해서 삼합(三合)이라 한다. 기름진 돼지와 성질이 찬 홍어를 김치와 함께 먹고 몸을 덥히는 술까지 곁들이니 찰떡궁합이다. 홍어 내장과 보리순을 된장에 풀어 끓인 홍어애국도 속풀이 해장국으로 최고다.

홍어는 암놈이 더 크고 맛있다. 값도 훨씬 비싸서 암컷으로 속여 팔려고 수놈 생식기를 없애버리곤 한다. 생식기 두 개에 가시가 있어 이를 촘촘히 박고 교미하므로 '암수 한 몸'이 낚시에 걸릴 때도 많다. 뱃사람들은 가시가 조업에 방해되는 데다 잘못하면 손을 다치는 바람에 곧바로 떼어버린다. 그래서 여기저기 널린 것, '만만한 게 홍어 ×'이라는 속어가 생겼다.

홍어는 성장하기까지 5~10년이 걸린다. 일일이 낚시로 잡는다. 그래서 외국산이나 가오리보다 최고 15배나 비싸다. 가오리를 홍어로 속이는 악습은 오래됐다.

홍어와 가오리를 구별하는 건 쉽지 않다. 그러나 자세히 보면 홍어는 마름모꼴로 주둥이 쪽이 뾰족하고 가오리는 원형 또는 오각형으로 둥그스름하다. 홍어 꼬리는 굵고 짧으며 두 개의 가시 같은 지느러미가 솟아 있다. 가오리 꼬리는 상대적으로 가늘고 길며 지느러미가 없다.

홍어는 배와 등 색깔이 비슷하지만 가오리는 배가 흰색이다. 홍어 물렁뼈는 우동발처럼 굵고 가오리는 국수발처럼 가늘다. 홍어살 맛은 달고 부드럽지만 가오리살은 맛이 떨어지고 질기다.

홍어 중에서도 최고로 치는 '흑산도 홍어'는 요즘도 귀하다. 시장에서 팔리는 것은 대부분 수입 홍어나 가오리다. 하도 가짜가 많고 고발이 잦으니까 국립과학수사연구원이 나서 흑산도 홍어 감별법을 개발했다고 한다. 반나절이면 DNA 검사 결과가 나오므로 악덕 판매업자들이 원산지를 속이기 어렵게 됐다. 하지만 일반 소비자들이야 그럴 수 없으니 눈으로 감별하는 법쯤은 제대로 알고 있어야겠다.

임진강에 황복이 올라올 때

대발 밖에 복사꽃 두세 가지

따스한 봄 강물을 오리가 먼저 아네.

쑥은 땅에 가득하고 갈대 움 돋으니

이제야말로 하돈이 올라올 때.

소동파의 시에 나오는 '하돈(河豚·강의 돼지)'이 곧 천하진미로 꼽히는 황복이다. 옆구리에 노란 줄무늬가 있는 황복에 돼지 돈(豚)자를 붙인 것은 배 부풀린 모양이 뚱뚱한 돼지를 닮은 데다 그 배로 소리를 내기 때문이라고 한다.

황복은 일반 복과 달리 회귀성 어종이다. 바다에서 2~3년 간 25~30㎝로 자란 뒤 4월 중순~6월 중순 알을 낳기 위해 강으로 돌아온다. 몸통이 다른 복어보다 2~3배 크고 무게는 800~900g 안팎이다. 중국에서도 잡히지만 파주 임진강 황복을 최상품으로 친다. 힘들게 강을 거슬러 올라와 육질의 탄력이 다른 복보다 훨씬 좋다.

한때는 무분별한 어획으로 멸종 위기에 처했으나 2003년부터 치어(稚魚·어린 물고기)를 방류한 덕분에 다시 많아졌다고 한다. 해마다 임진강변 황복 전문집은 미식가들로 문전성시를 이뤘다. 그러나 황복 구경하기가 어려울 때도 있다. 추운 날씨 때문에 수온이 낮고 유해생물 등의 영향으로 어황이 부진할 때다. 그러면 kg당 25만~30만 원까지 값도 치솟는다.

황복은 피를 맑게 하고 숙취해소와 간 해독에 좋아 수술 전후 환자와 당뇨, 간질환을 앓는 사람들의 식이요법으로 인기다. 글루타치온 성분은 알코올 분해 과정에서 생긴 단백질 손상을 막아준다고 알려져 있다.

회는 접시 무늬가 비칠 정도로 얇게 썬다. 얼마나 얇게 써느냐를 놓고 주방장끼리 시합을 하기도 한다. 미나리와 함께 먹으면 맛과 향이 일품이다. '본초강목'의 서시유(西施乳)라는 표현도 복어 살이 중국 월나라 미녀 서시의 젖가슴처럼 부드럽고 희다는 데서 유래했다.

그러나 맛이 뛰어난 복일수록 독성도 강하다. 청산가리의 10배가 넘는 테트로도톡신은 너무 독해서 해독제조차 없다고 한다. 한 마리의 독으로 30여 명이 목숨을 잃을 정도다. 소동파가 '죽음과도 바꿀 맛'이라고 한 것도 이 때문이다. 당송 8대가로 불리는 그가 황복에 빠져 정사를 내팽개칠 정도였다니 가히 '치명적인 맛'의 전형이다. 소동파는 미식가로도 유명했다.

제아무리 맛있는 황복도 독을 제거하지 않고는 입에 댈 수 없다. 음식이든 인생이든 화려하고 진귀한 맛에만 정신 팔 것이 아니라 요리하기 전에 독(毒)부터 찬찬히 제거해야 비로소 복(福)이 된다.

여름 민어는 피부에도 좋다

'복더위에는 민어탕이 일품, 도미탕이 이품, 보신탕이 삼품'이라는 속담이 있다. 조선시대 평민들이 복달임(복날 고깃국으로 더위를 이기는 풍습)으로 닭·개고기를 먹었다면 양반들은 민어탕을 즐겼다.

민어는 그만큼 귀한 고기였다. 살림이 어려워도 제사와 잔칫상에는 빼놓지 않고 올렸다. '백성(民)의 고기(魚)'라는 이름도 여기에서 비롯된 게 아닌가 싶다.

민어는 산란기를 앞둔 여름에 가장 맛있다. 단백질이 많고 비타민과 칼륨 등 각종 영양소가 풍부해 노약자나 환자들의 건강 회복에 좋다고 한다. 콜라겐과 콘드로이틴 성분은 골다공증·고혈압·동맥경화·심근경색 예방과 피부 보습을 돕는다. 허준도 동의보감에서 '민어의 성질이 따뜻해 여름철에 냉해지기 쉬운 오장육부의 기운을 돋우고 뼈를 튼튼하게 해 준다'고 했다.

민어는 몸집이 클수록 차지고 맛있다. 회를 뜰 때는 다른 고기보다 두툼하게 썬다. 흰살에 연분홍 복사꽃빛이 입과 눈을 동시에 사로잡는다. 하지만 잡아 올리자마자 바로 먹는 것보다 냉장고에서 2~3

일 숙성시키면 맛이 더 좋아진다. 이노신산 덕분에 살에 탄력이 붙고 감칠맛도 더해지기 때문이다.

미식가들은 쫄깃하고 기름진 배진대기(뱃살)와 꼬리살, 지느러미 살을 먼저 먹는다. 고소하면서도 쫀득한 맛이 일품이다. 뜨거운 물에 살짝 데쳤다가 찬물에 헹군 껍질을 참기름 소금에 찍어 먹는 것도 별미다. 구이, 전, 아가미무침, 뼈다짐 등 못 먹는 게 없다. '봄 숭어알, 여름 민어알'이라고 해서 알도 최고로 친다.

내장의 부레(공기주머니)는 고급 요리뿐만 아니라 접착력이 뛰어난 어교(魚膠) 재료로 쓰인다. '이 풀 저 풀 다 둘러도 민애풀 따로 없네'라는 강강술래의 매김소리나 '옻칠 간 데 민어 부레 간다'는 옛말처럼 나전칠기와 고급 장롱, 합죽선의 부챗살과 갓대 접착에 사용된다. 각궁(角弓)을 만들 때도 쓰이는데 민어 부레풀을 쓴 활만 고집하는 사람도 있다.

민어는 그물뿐만 아니라 낚시로도 많이 잡는다. 시즌은 남해서부 7~8월, 격포·군산 등 서해남부 8~9월이다. 야간 선상 던질낚시가 대종을 이룬다.

초여름이면 민어 집산지인 신안 앞바다가 풍어 깃발로 연일 출렁댄다. '물 묻은 쪽박에 깨 묻어나듯' 많이도 잡혀 콧노래가 절로 나온다. 값 내려간다는 걱정조차 정겨울 정도다. 가격 착하고 영양 좋은 민어로 복달임할 수 있다면 한여름 가마솥 더위인들 어이 아니 견디랴.

고단백 저지방 참치

생선 맛은 철따라 다르지만, 참치는 언제 먹어도 변함이 없다. 원양어선이 가장 맛있는 시기에 잡은 것을 동결 저장하기 때문이다.

횟감으로는 주로 참다랑어와 눈다랑어를 쓴다. 부위에 따라 맛과 가격이 천차만별인데, 가장 맛있고 비싼 건 뱃살이다. 등살에 비해 30~50배나 지방이 많아 고소하고 풍미가 있다. 그 중에선 대뱃살이 으뜸이다. 아가미 쪽의 가마육도 맛있다.

영양 또한 풍부하다. 단백질이 27.4%나 되니 생선 중에선 독보적이다. 돼지고기나 소·닭고기보다 훨씬 많다. 지방이 적고 탄수화물은 거의 없다. 대표적인 고단백 저지방 어종이어서 비만이나 고혈압 당뇨환자에게 좋다. 건강식품으로 각광받는 것은 불포화지방산 EPA와 DHA 함량이 높고 핵산, 칼슘 등이 풍부하기 때문이다. 참치 고유의 감칠맛은 이노신산 성분에서 나온다.

몸집이 제일 큰 참다랑어는 길이 3m, 무게 400~500kg에 이른다. 쿠릴열도에서 한국·일본·중국 연해를 거쳐 하와이와 남양군도에 이르는 해역에 많이 산다. 주식은 멸치와 꽁치, 청어 같은 작은 어류이고 오징어류와 갑각류도 먹는다. 한국은 횟감 참치의 절반을 해외에 수출한다. 그 중 98%는 세계 참치회의 70%를 소비하는 일본으로 간다.

최근 어획 규제가 강화되자 수산강국들이 양식 경쟁을 벌이고 있다. 잡는 어업에서 기르는 어업으로 부가가치를 창출하겠다는 것이다. 우리도 참치를 '10대 수출전략 품종 육성 연구사업'으로 정하고 2011년 일본, 호주, 스페인에 이어 네 번째로 수정란 인공부화에 성공했다. 인공부화한 새끼가 2011년 45마리에 불과했지만 2012년 200마리, 2013년 5000마리로 늘었고 2014년 2만 마리를 넘었다.

참치 강국인 일본은 20여 년간의 연구 끝에 부화 생존율을 많이 높였다. 종합상사인 미쓰비시상사까지 참치 양식에 뛰어들었다. 참치 양식은 어족자원 보존과 환경 보호, 수출 확대, 국제 수산업계 발언권 강화 등 파생 효과까지 안겨준다.

논란이 된 수은 중독 문제는 이견이 팽팽한 상태다. 미국 컨슈머리포트가 어린이와 임신부에게 참치가 좋지 않다고 지적했지만, 미국 식품의약국은 영양 균형을 위해 섭취량을 늘리라고 권장하고 있다. 우리 식약처도 주 1회 100g 이하는 문제가 없다고 발표했다.

메밀면은 목젖으로 끊어야 제맛

"살얼음 김칫국에다 한 저 두 저 풀어먹고 우루루 떨어서 온돌방 아랫목으로 가는 맛!"

1920년대 작가 김소저가 읊은 냉면 찬가다. 추운 겨울날 이가 시린 냉면을 먹고 뜨끈뜨끈한 아랫목 이불로 파고드는 바로 그 맛이라니!

시인 박목월은 좀 더 멋을 부려 "단맛의 용해적 황홀감은 노란빛과 통할 것 같고, 신맛의 서늘한 신선미는 청색과 통할 것 같다"고 했다.

냉면 하면 평양냉면과 함흥냉면이 먼저 떠오른다. 냉면의 원조격인 평양냉면은 국수에 메밀을 많이 넣어 면발이 거칠고 굵다. 주로 평안도 지방에서 한겨울 동치미 국물에 말아 먹었다. 소·돼지·꿩을 삶은 사골국물에 말기도 했다. 밍밍할 정도로 담백한 맛이 특징이다.

《동국세시기》에는 '메밀국수를 무김치와 배추김치에 말고 돼지고기 섞은 것을 냉면이라 하며 잡채와 배, 밤, 소고기, 돼지고기 썬 것과 기름, 간장을 메밀국수에 섞은 것을 골동면이라고 하는데 그 중 평양냉면이 최고'라고 기록돼 있다.

함흥냉면은 국수에 감자나 고구마 전분을 섞어서 면발이 쫄깃하고 가늘다. 회냉면이 인기인데 함경도에서는 주로 감자 전분에 참가자미를 썼다. 그러다 월남자들을 중심으로 고구마 전분에 홍어를 쓰기 시작했다. 비빔냉면은 1960년대 서울 오장동의 한 식당에서 회 대신 수육을 올리면서 퍼졌다고 한다.

다른 이름표를 단 냉면들도 있다. 북녘에는 꿩고기를 넣은 생치냉면, 충청도에는 나박김치냉면이 있다. 풍기냉면은 이름과 달리 오지를 찾아 피란 온 북녘 사람들이 이곳에서 전통방식으로 만드는 평양냉면이다.

서울에 냉면집이 생긴 건 구한말 이후였다. 궁중 음식 책임자였던 조순환이 연 명월관을 비롯해 낙원동의 부벽루, 광교와 수표교 사이의 백양루, 돈의동의 동양루 등이 이름을 떨쳤다. 지금은 서울의 평양면옥·필동면옥·을지면옥·우래옥·을밀대·평래옥·강서면옥과 대전 사리원면옥, 동두천 평남면옥, 철원 평남면옥, 영주시 풍기 서부냉면, 대구 대동면옥 등이 전통을 잇는 곳으로 꼽힌다.

냉면 마니아들은 꼭 주방 가까이에 앉는다. 면발이 붇기 전에 맛을 보려면 일각이 아쉽다는 것이다. 또 "메밀면은 이가 아니라 목젖으로 끊어야 하므로 입 안 가득 넣고 먹어야 메밀 향을 제대로 느낄 수 있다"고도 한다.

그 정도까지는 모르겠지만 한여름 찌는 더위에는 살얼음 동치미국처럼 시원한 냉면이 딱이다. 메밀 속 루틴이 모세혈관까지 튼튼하게 해준다니 더욱 좋다.

대나무 닮은 대게와 '붉은 보석' 홍게

몇 년 전 2월 '속초 붉은대게축제'에 5만여 명이 몰렸다. 준비한 물량 5t이 삽시간에 동났고 사흘 만에 10t 이상이 팔렸다. 행사장에서 팔린 것만 하루 1억 원꼴이다. 3월에는 '울진 대게와 붉은대게축제'와 '영덕 대게축제' 등 동해안 7번 국도를 따라 진미의 향연이 줄줄이 펼쳐졌다.

대게는 다리가 길고 마디가 있는 것이 대나무 같다고 해서 붙여진 이름이다. 언뜻 '큰 게'라고 생각하기 쉽지만 한자로 풀면 죽해(竹蟹)다. 수심 200m 이상의 모래나 자갈층에서 주로 잡는다. 영덕뿐만 아니라 속초, 울진, 포항, 울산에서도 잡지만 예부터 집하장이 영덕에 있어 영덕대게로 불렸다. 속이 꽉 찬 것은 박달나무처럼 살이 단단하다 해서 박달대게, 참대게라고 하고 속이 물렁한 것은 수(水)게, 물게라고 한다.

홍게는 대게와 비슷하게 생겼지만 등부터 배까지 몸 전체가 주홍색인 '붉은대게'다. 생물일 때나 삶았을 때나 색깔이 붉어서 '동해안의 붉은 보석'으로 불린다. 속이 실한 것은 박달홍게라고 한다. 대게보다 더 깊은 심해에서 자라는데, 이맘때 속초 동명항은 홍게잡이 배들로 북적인다. 수심 400~500m에서는 대게와 홍게의 잡종인 너도대게(일명 청게)도 잡힌다.

게를 고를 땐 묵직하고 움직임이 팔팔한 놈이 좋다. 뒤집어서 배를 눌렀을 때 단단하면 속이 꽉 찬 것이다.

맛은 조금씩 다르다. 대게의 속살은 달짝지근하고 쫀득하면서 부드러운 편이다. 홍게는 여기에 짭조름한 맛이 더해진다. 둘 다 양념 없이 찜을 쪄 먹는 것만으로도 맛있다. 찌기 전엔 물에 담가 바닷물을 빼는 게 좋다.

찜통에 넣을 땐 배를 위로 향하도록 한다. 그래야 내장이 흐르지 않는다. 20여 분간 찐 뒤 10분 정도 뜸을 들이면 살이 가장 촉촉해진다. 청주 몇 방울이나 솔잎, 대나무를 넣고 찌면 비린내도 없앨 수 있다.

동해안에서는 홍게탕도 즐겨 먹는다. 게딱지 내장을 발라낸 뒤 홍게 다리를 넣어 함께 끓여낸 것으로 시원한 국물 맛이 일품이다. 게 껍질의 키틴 성분이 체내 지방 축적을 줄이고 콜레스테롤을 낮춰주면서 심혈관까지 좋게 해주니 금상첨화다. 대게 가격은 산지 사정에 따라 오르내린다. 홍게와 섞어서 주문하면 고루 즐길 수 있다.

봄꽃게는 알, 가을꽃게는 살

꽃게는 삶거나 쪄 먹을 때 가장 맛있다. 익히는 과정에서 살이 연해지고 맛도 달착지근해진다. 살의 15~20%가 단백질이고 필수 아미노산이 풍부해 건강식품으로도 인기다. 가열할 때 껍질이 빨갛게 변하는 것은 새우처럼 카로티노이드 색소인 아스타크잔틴을 함유하고 있기 때문이다. 이 또한 우리 몸속의 콜레스테롤을 조절하고 항암 효과를 높여준다고 한다.

꽃게는 야행성이다. 수심 20~30m의 바닷속 모랫바닥에 살면서 낮에는 모래펄 속에 숨어 지내다 밤이 되면 눈을 내밀고 집게발로 작은 물고기 등을 잡아먹는다. 추울 땐 깊은 곳에서 겨울잠을 잔다.

3월 하순부터는 산란하러 얕은 곳으로 이동한다. 이때 많이 잡히는 것은 알이 통통하게 오른 암꽃게다. 7~8월의 금어기에 충분히 영양을 섭취한 뒤 초가을에 잡히는 건 살이 꽉 찬 수꽃게다. 그래서 봄엔 암꽃게, 가을엔 수꽃게가 제철이다.

가을 꽃게가 특히 많이 잡힌 해는 2013년이었다. 그 전 해의 두 배가 넘는 대풍이었다. 국립수산과학원은 어린 꽃게가 한창 성장하는 여름철 서해 수온이 평년보다 3도가량 높은 데다 태풍이 덮치지 않은 덕분이라고 분석했다. 일본 원전 방사능에 민감한 소비자들이 국산 꽃게를 선호하면서 매출도 급증했다. 대형 마트마다 꽃게 매장을 따로 만들 정도였다.

집에서 전화나 인터넷으로 주문하면 꽃게를 톱밥에 넣어 배달해준다. 동면상태를 유도하기 위한 것이다. 꽃게가 모래펄에 몸을 묻고 겨울잠을 잘 때처럼 14~15도에 온도를 맞추고 모래와 비슷한 톱밥을 넣어 잠들게 하면 신선도를 잘 유지할 수 있다.

"어, 다 죽었다"며 실망할 필요는 없다. 톱밥 속의 꽃게가 일시 냉동 상태라 해도 해동하면 금방 살아난다. 톱밥은 게의 호흡에 별 지장을 주지 않고 가벼우면서 쿠션 기능으로 몸체까지 보호해 준다.

게는 어느 나라에서나 즐겨 먹는데 옛날부터 중국 사람이 특히 좋아했다고 한다. 당나라 시인 이태백의 '월하독작(月下獨酌)' 4편에 이런 구절이 나온다.

'게의 집게발 안주는 신선의 약이요/ 술지게미 언덕은 봉래산이라/ 모름지기 빛 고운 술까지 마셨거늘/ 달빛 타고 높은 누대에서 마음껏 취해 볼거나.'

동진 오호십육국 시대(서기 317~420년)의 문인 필탁(畢卓)도 '한 손에는 게다리 들고 주지(酒池)를 헤엄칠 수 있다면 일생 무엇을 더 바라리오'라고 했다. '니들이 게맛을 알아?'라는 카피가 있지만, 게맛은 신구(新舊)를 가리지 않고 모두에게 통했던 모양이다.

'밥도둑' 대명사 간장게장

달큼하고 진한 간장에 은은하게 삭힌 게살의 쫀득하고 탱탱하면서도 부드러운 감칠맛. 쭉쭉 소리를 내며 연신 빨아먹고 집게다리 속살까지 발라먹은 뒤 게딱지 내장에 윤기 나는 밥 한 술 비벼 먹으면 세상에 부러울 게 없다. 앉은 자리에서 밥 두 그릇 정도는 게 눈 감추듯 해치우는 '밥도둑'의 대명사 간장게장.

조선시대 '게장 마니아' 서거정은 '눈 내린 강 언덕에 얼음 아직 남았는데/ 이 무렵 게장 가격은 더욱 비싸구나/ 손으로 게 발라 들고 술잔을 드니/ 풍미가 필탁의 집게를 이기는구나'라고 노래했다. 여기에서 필탁(畢卓)은 유난히 게를 좋아하던 중국 진나라 시인을 말한다. 중국에선 기원전 7세기부터 게장을 천제에 썼다니 오래 전부터 귀하게 대접받은 진미였던 모양이다.

옛날에는 게를 소금에 절여 먹었으나, 점차 간장을 써서 염분은 줄이고 맛은 더 살렸다. 조선시대에는 민물게로 담근 참게장을 주로 먹었다. 임진강변 파주 참게 맛이 좋아 수라상에 올렸다고 한다. 참게는 추수기 논에서도 난다. 알이 많고 내장이 기름져 으뜸으로 쳤다. 가을에 담가 이듬해 여름에 먹느라 조금 짠 게 아쉽긴 하다.

호남에선 벌떡게(민꽃게)로 만든 벌떡게장을 즐겼다. 간장에 재워 1~2일 만에 먹는데 신선하고도 달콤한 맛이 백미였다. 금방 '벌떡' 먹어치워야 한다고 해서 그런 이름이 붙었다고 한다.

요즘은 민물게가 드물어 서해안과 남해안 일대에서 나는 바닷게를 주로 이용한다. 대표적인 게 암꽃게로 담근 꽃게장이다. 봄에 잡은 꽃게는 살이 부드럽고 비린내가 적으며 알도 풍부하다. 조리법은 간단하지만 시간과 공력이 많이 든다.

우선 꽃게 위에 파, 마늘, 생강 넣고 끓인 간장을 식혀서 듬뿍 붓는다. 2~3일 뒤 간장을 따라내 다시 끓이고 식혀 붓는데 이걸 3회 반복하는 걸 '삼벌장'이라고 한다. 남은 간장물은 장조림이나 물김치에 활용한다.

꽃게에는 무기질과 아연, 칼슘과 철분 등이 많아 성장발육에 좋다. 타우린 성분은 간 해독을 돕는다. 콜레스테롤을 낮춰 동맥경화 같은 성인병도 예방한다. 신선한 재료와 영양 성분만큼 중요한 게 또 있다. 바로 장맛이다. 오랜 발효 과정을 거친 조선간장 특유의 깊은 미감이 어우러져야 최고의 간장게장이 완성된다.

최근 외국 관광객이 우리 간장게장집을 앞 다퉈 찾고 있다. 2016년 미식평가서 《미슐랭 가이드-서울편》에 경복궁 옆 간장게장 전문점이 별 1개를 받은 뒤 더욱 그렇다. 이들을 사로잡은 맛의 비결 역시 청정 꽃게와 300년 대물림한 조선간장이라고 한다.

'면역 비타민' 병어

여름은 병어 철이다. 산란기를 앞둔 시기여서 여느 때보다 살이 탱탱하고 맛도 좋다. 미식가들이 '봄 도다리, 여름 병어, 가을 전어, 겨울 방어'라고 할 만하다. 흰살 생선인 병어는 살결이 곱고 맛이 담백한 데다 비린내가 나지 않는다.

요리법도 회, 조림, 찜, 구이, 찌개 등 다양하다. 병어회는 활어가 아니라 선어로 즐긴다. 성질이 급해서 물 밖에 나오자마자 죽기 때문이다. 뼈째 썰어 막된장에 마늘과 함께 깻잎으로 싸 먹는 맛이 그야말로 일품이다. 달달하고 고소하면서 감칠맛까지 두루 갖췄다.

바닷가 사람들은 회보다 조림을 더 좋아한다. 멸치육수에 무를 썰어 넣고 칼집을 드문드문 낸 병어를 앉힌 뒤 갖은 양념의 조림간장을 끼얹는다. 여기에 어슷하게 썬 고추와 대파를 올려 진득하게 조린다.

자작한 국물에 간장과 고춧가루가 적당히 배어 든 간장조림의 깊은 맛은 냄비 속에서 익어갈 때부터 냄새로 사람을 유혹한다. 달콤한 살점은 아껴두느라, 한입 가득 즙이 퍼지는 무에 먼저 젓가락이 간다. 살이 버터처럼 부드럽다 해서 영어로는 버터피시(butter fish)다.

병어는 원기회복과 면역력 강화에 좋다고 알려져 왔다. '면역 비타민'으로 불리는 비타민B군과 8대 필수아미노산이 풍부하다. 성인병은 물론이고 여름철 냉방병 예방에도 효과적이다. '햇볕 비타민'이라는 비타민D도 100g에 하루치 권장량(5㎍)이 다 들어 있다. 지방 함량이 100g당 6.3g으로 연어(1.9g)의 3배가 넘는다. 지방의 대부분이 몸에 좋은 불포화지방산이다.

병어는 표면이 매끄럽고 윤기가 나는 걸 고르는 게 좋다. 눌렀을 때 살이 단단하고 탄력이 있으면 더 좋다. 병어 주산지는 우리나라 서남해안과 일본 남부 해안이다. 낚시로도 잡지만 대부분은 그물로 훑어 올린다. 몸체가 납작해 편어(扁魚)라고도 불리고, 빛깔은 은회색이다.

정약전의 《자산어보》에는 '머리가 작고 목덜미가 움츠러들고 꼬리가 짧으며, 등과 배가 튀어나와 길이와 높이가 거의 비슷하다. 입이 매우 작고 단맛이 나며 뼈가 연해 회나 구이, 국에도 좋다'고 쓰여 있다.

머리 뒤쪽부터 물결 모양의 줄무늬가 옆줄을 따라 가슴지느러미 뒤까지 나 있다. 물결 줄무늬가 좁고 짧은 것은 병어 사촌인 덕대(덕자)다. 덕대는 몸집이 조금 더 크지만 맛과 영양은 비슷하다.

병어는 수입이나 양식이 거의 없어 해마다 값이 오르고 있다. 때론 "금비늘 입었나" 소리까지 듣는다. 한 젓가락의 하얀 병어 살점에 훌쩍 여름이 왔다는 것을 깨닫는다.

마포나루의 새우젓 부자들

예부터 "마포 사람들은 맨밥만 먹어도 싱거운 줄 모른다"고 했다. 전국의 소금배와 젓갈배가 마포나루로 모여들었기 때문이다. 이곳은 서해안에서 올라온 고급 새우젓을 팔러 다니는 사람들로 종일 붐볐다. '마포 새우젓장사'로 부자가 된 사람이 급증하자 도성 바깥인데도 은행 지점이 두 곳이나 들어섰다.

젓갈과 소금을 파는 사람이 얼마나 많았는지 이들이 집단으로 거주하는 염리동이라는 마을이 생겼다. 용강동 일대는 젓갈류를 보관하는 옹기를 굽는 동네라고 해서 독막·동막으로 불렸다. 가을철 김장 때마다 아현동 고갯마루에 올라서면 마포 쪽에서 새우젓 냄새가 코를 찔러왔다는 기록도 보인다. 전차에는 화물칸을 따로 만들어 새우젓독을 남대문이나 동대문시장까지 날랐다고 한다.

마포나루에서 소금·젓갈을 대규모로 취급하던 상인들은 '마포염해여각'으로 불렸다. 여각은 부피가 큰 품목을 취급하기 때문에 커다란 보관시설과 우마차 등 운송수단을 갖춰야 했고, 그래서 일반 객주보다 규모가 컸다. 18세기 이후 전국적으로 세력을 키운 경강상인(京

江商人)의 전신이 바로 이들이다.

새우젓은 반찬뿐만 아니라 김치 담그는 조미료로도 인기여서 1년 내내 수요가 끊이지 않았다. 음력 정월 그믐부터 4월 사이에 잡은 새우로 담근 것을 풋젓이라 했는데 살이 연하고 희어서 인기였다. 그중 2월에 담근 것을 동백하젓이라고 했다. 5월의 오젓과 6월의 육젓, 7월 차젓도 별미였다. 8월에 담근 추젓은 잡새우들이 섞여 있어 모두 삭힌 뒤 김장 때나 다음해 젓국에 썼다. 9~10월의 동백젓, 동짓달의 동젓, 눈처럼 흰 백하젓, 분홍빛 건댕이젓도 입맛을 돋웠다.

서울 사람들은 진한 멸치젓보다 담백한 새우젓을 더 좋아해서 무더위에 지친 여름에는 양념한 새우젓만으로 식욕을 되찾기도 했다. 젓갈은 자가분해효소와 유리아미노산 등의 상승 작용 덕분에 짠맛과 함께 특유의 감칠맛을 낸다. 숙성 중 연해진 새우껍질은 칼슘 공급원으로도 유용하다.

해마다 10월에는 상암월드컵경기장 평화광장 등에서 마포나루 새우젓 축제가 열린다. 옛 복장을 한 뱃사공, 보부상과 함께 각종 체험 프로그램을 즐기면서 맛깔진 새우젓도 산지가격에 살 수 있다. 마포 8경의 으뜸인 '낙조 속의 돛단배'를 재현해 황포돛배까지 선보인다. 그 사이로 농바위 부근 밤섬의 맑은 모래밭과 아스라이 저녁 짓는 연기 또한 옛 사진첩 속에서 되살아난다.

겨울 진미 방어는 클수록 좋다

방어 맛이 가장 좋은 시기는 12월과 1월이다. 늦가을부터 식탁에 오르기는 하지만 쫄깃한 맛이 최고조에 이르는 때가 이 무렵이다. 방어는 주로 동해안과 부산 다대포, 제주 앞바다에서 낚시로 잡는다. 이곳은 캄차카반도에서 여름을 보낸 방어가 대만 해역으로 이동하는 중간 해역이다. 산란을 위해 영양분을 최대한 섭취한 방어 살이 제일 통통할 때다.

방어 요리의 으뜸은 회다. 독특한 향을 지닌 지방성분 덕분에 구수한 맛과 탱탱한 식감을 함께 즐길 수 있다. 붉은 살이 많아 시각적으로도 입맛을 돋운다. 소금·양념구이와 찜, 매운탕도 별미다. 몸집이 너무 크면 맛이 떨어지는 일반 어종과 달리 방어는 큰 것일수록 맛이 좋다.

맛뿐만 아니라 단백질, 미네랄, 비타민 등 영양도 풍부해서 고혈압, 동맥경화, 심근경색 등 순환기 계통의 성인병을 예방해준다. 특히 비타민D가 가다랑어 다음으로 많은데, 청어의 9배나 된다고 한다. 비타민D는 체내에서 칼슘과 인의 흡수를 도와주기 때문에 골다공증과 노화 방지 효과도 뛰어나다.

방어잡이의 핵심은 채낚기다. 7~9개의 낚시를 달아 손으로 끌어올리는 '훌치기 외줄낚시'가 대부분이다. 배 양쪽의 긴 장대에 여러 개의 낚싯줄을 달아 기계로 끌어올리기도 한다. 낚싯줄 아래쪽에 1kg짜리 납추를 달면 수심 30~50m까지 내려간다. 예전에는 멸치나 오징어 전갱이 정어리 등을 미끼로 썼지만 요즘은 플라스틱으로 만든 루어(가짜 미끼)를 사용한다.

방어의 종류는 100가지 이상이고 지역과 크기에 따라 이름도 제각각이다. 동해안에서는 10~15㎝ 정도를 떡메레미 혹은 곤지메레미, 30㎝짜리를 메레미 또는 되미, 60㎝ 이상을 방어라고 부른다. 남해안에서는 방어를 히라스라고도 하는데, 정확한 일본식 이름은 부리(ブリ)다. 히라스는 방어와 겉모습이 아주 비슷한 부시리를 가리킨다. 이들은 너무 닮아서 구분하기 어렵다. 전문가들에 따르면 방어는 위턱의 뒷모서리 부분이 네모나고 부시리는 둥글다.

방어를 거론한 옛 기록도 많다. 시경에는 '방어정미'라는 말이 나온다. 원래 방어의 꼬리가 희지만 피곤하면 붉어지는 것에 빗대 사람이 너무 피로해서 초췌한 모습을 표현한 것이다.

12월과 1월에 맛 최고조

훌치기 외줄낚시 손맛도 최고

주꾸미와 과메기와 숭어

숯불이 발갛게 달궈지는 동안 군침이 먼저 돈다. 석쇠 위에 오른 주꾸미 속살이 둥글게 휘어지며 은은한 향미를 풍긴다. 너무 구우면 질겨지므로 살짝 데쳐낸듯 먹는 게 좋다. 소금을 친 참기름에 찍어 한 입 넣으면 세상 부러울 게 없다. 여기에 꿈틀거리는 곰장어구이까지 곁들이면 더없이 좋다.

주꾸미는 값이 싸면서도 타우린과 필수 아미노산 등이 많은 보양식이다. 항산화작용으로 피로를 풀어주고 머리를 좋게 한다. 칼로리도 낮아 다이어트에 그만이다. 흔히 먹장어로 불리는 곰장어 역시 단백질과 지방, 비타민 A가 많다. 둘 다 양념을 하거나 그냥 구워먹는다.

주꾸미와 곰장어를 동시에 즐길 수 있는 곳은 서울 마포에 있는 어부의딸 등 여러 군데에 있다. 곰장어는 종로 공평동꼼장어, 주꾸미는 신림동 신쭈꾸미와 대학로 홍쭈꾸, 인천 송도 송쭈집 등이 유명하다.

겨울 별미로 과메기와 꼬막, 생굴, 곰치를 빼놓을 수 없다. 서울에서 과메기를 즐길 수 있는 곳으로 충무로4가 영덕회식당과 낙원동

영일식당을 꼽는 사람이 많다.

꼬막은 노량진 순천가집과 오금동 마시리벌교참꼬막, 봉천동 남도포장마차가 이름났고 굴은 종로3가 삼해집과 중구 다동 충무집이 인기다.

곰치국 맛은 서대문역 부근의 영덕물회가 좋다. 고춧가루를 넣고 얼큰하게 끓이는 매운탕도 좋지만 술꾼들은 주로 맑은 탕을 찾는다.

숭어도 제철이다. 정월에 먹는 숭어회는 도미회가 울고 갈 만큼 맛있고 달다. '겨울 숭어 앉았다 나간 자리는 펄만 훔쳐 먹어도 달다'는 말이 있을 정도다.

겨울 숭어는 서해안 것을 으뜸으로 친다. 숭어 껍질에는 엘라스틴과 콜라겐이 많아 피부에도 좋다. '숭어 껍질에 밥 싸먹다 논 판다'는 말이 그냥 나온 게 아니다. 서울에서 차로 한 시간 거리인 강화도에서 한창 맛이 오른 숭어회를 즐길 수 있다.

주말 나들이에 나선다면 동해안 별미 삼총사인 도치·장치·곰치를 즐기거나 거제 외포리의 대구탕, 전남 담양의 댓잎물국수, 충남 금산의 인삼어죽, 강원 평창의 송어회를 맛보는 게 좋다.

입춘 별미

오세영 시 '2월'에 나오는 말처럼 '벌써'라는 단어가 가장 잘 어울리는 달이 2월이다. '새해 맞이가 엊그제 같은데/ 벌써 2월'이고, 늦추위가 기승을 부리는 걸 보니 벌써 입춘이다.

이맘때 우리 조상들은 햇나물을 먹으며 겨우내 부족한 비타민C와 철분 등을 보충했다. 입춘 음식으로 가장 유명한 것은 다섯 가지 자극성 있는 나물을 뜻하는 오신채(五辛菜)다. 지역에 따라 종류는 다르지만 파, 마늘, 달래, 평지(겨자과 유채), 부추, 무릇, 미나리 중에서 색을 맞춰 다섯 가지를 무쳐 먹었다. 달래는 불면증 치료에 좋고, 겨자잎은 면역성을 키워주며, 미나리는 혈액순환을 도우니 몸에 좋고 입맛을 돋우기에도 좋다.

냉이와 죽순채를 즐기는 것도 이 무렵이다. 채소 중 단백질 칼슘 철분이 제일 많은 냉이를 모시조개와 함께 넣고 끓인 된장찌개는 구수함과 향긋한 맛이 일품이다. 탕평채와 죽순채, 죽순찜도 빼놓을 수 없는 입춘 시식이다. 추운 지역에서는 명태순대를 즐겼다. 내장을 빼낸 명태 뱃속에 소를 채운 것으로 비타민 A가 풍부해 눈 건강과 피로

해소에 좋다.

일본 사람들은 입춘 전날에 콩을 먹으며 악한 기운을 물리치고 무병장수를 기원한다. 가게마다 설 선물 코너 같은 데서 복콩(후쿠마메)을 판다. 대형 신사에서는 저명인사가 던지는 콩을 받아먹는 이벤트가 열린다. 에호마키라는 이름의 김밥을 먹기도 한다. 그 해에 정해진 방향을 보며 눈을 감고 말없이 먹는데, 외국인이 보기엔 다소 우스꽝스럽기도 하다.

중국에서는 입춘 전날 악령을 쫓는다는 뜻에서 메밀국수를 즐겨 먹는다. 지역에 따라선 '풀뿌리를 먹으면 모든 일이 잘 풀린다'고 해서 무를 씹어먹는 풍습도 있다.

춘쥐안(春卷)을 즐기는 풍습은 화교권 전체에 걸쳐 있다. 잠업(蠶業)에 종사하는 사람들이 풍년이 깃들기를 기원하는 마음으로 먹던 음식에서 유래했다고 한다. 설날인 춘제(春節)와 겹쳐 자오쯔(餃子), 만터우(饅頭), 탕위안(湯圓)을 먹는 곳도 많다.

요즘은 입춘 풍속도가 바뀌어 음식 메뉴도 많이 달라졌다. 옛날처럼 손이 많이 가는 오신채나 명태순대를 만들어 먹는 가정은 드물다. 아이들도 프랜차이즈나 패스트푸드점에서 그냥 한 끼 때우고 만다. 두보가 시 '입춘'에서 '봄날 채반에 오른 어린 생채에 낙양의 전성기가 생각난다'고 노래한 것도 고릿적 얘기다. 그러나 김칫독이 얼어터진다는 입춘 추위에 봄 향미 짙은 별미로 건강을 챙기는 것은 그때나 지금이나 여전히 필요한 생활의 지혜다.

오곡도시락의 원조

그늘진 밥상에도 볕 들 날이 있었다. 명절이나 제사·잔칫날은 식구들 얼굴이 환해졌다. 정월 대보름 밥상도 푸짐했다. 설날 포만감이 가시지도 않았는데 오곡밥(五穀飯)에 나물, 부럼까지 가득했다.

오곡밥은 글자 그대로 다섯 가지 곡식을 섞어 지은 밥을 말한다. 풍년을 기원하는 뜻에서 농사밥이라고도 하고, 대보름에 먹는다 해서 보름밥이라고도 한다. 지역에 따라서는 찰밥, 잡곡밥, 오곡잡밥 등으로 다양하게 부른다. '동국세시기'에는 오곡잡반(五穀雜飯)이라고 표기돼 있다.

'정월 대보름날에 오곡잡반을 지어 이웃과 나누어 먹는다. 영남지역에서는 하루 종일 이 밥을 먹는다. 이는 제삿밥을 나눠 먹는 옛 풍습을 본받은 것이다.'

오곡밥의 주재료는 찹쌀, 팥, 수수, 차조, 콩이지만 기장을 넣기도 한다. 찹쌀이나 차조같이 찰기 많은 곡식을 넣은 것은 영양가 때문이 아닌가 싶다. 《삼국유사》에도 '찰밥'이라는 이름이 나온다. 아마도 평소 자주 먹지 못하던 것을 보충해 준다는 의미가 클 것이다. 여기에 다양한 나물과 호두, 밤, 잣 등을 곁들였으니 균형 잡힌 건강식이 따로 없다.

오곡밥은 하루에 아홉 번 먹어야 좋다고 해서 여러 차례 나눠 먹기도 했다. 이렇게 자주 조금씩 나눠 먹는 풍속은 한꺼번에 과식해서 배탈 나는 것을 방지하고 한 해 농사를 부지런히 짓자는 의미도 내포하고 있다.

사람뿐만 아니라 소에게도 먹였는데, 농가에서 가장 큰 일꾼인 소가 잘 먹고 힘을 길러야 일을 잘하고 풍년도 든다는 뜻이리라.

식품영양학자들에 따르면 오곡밥의 열량은 같은 양의 쌀밥보다 20% 정도 낮고 영양은 훨씬 많다. 수수와 조의 추출물은 혈당 상승을 억제하는 효과가 있어 당뇨병 예방에 좋은 것으로 확인됐다. 식이섬유가 풍부하고 암세포 억제 성분이 있어 성인병 치료 효과도 있다. 팥에 많이 들어 있는 칼륨은 나트륨 배출을 촉진하기 때문에 짜게 먹는 사람들의 부기를 빼는 데 좋다고 한다. 함께 먹는 나물에 비타민과 무기질이 풍부한 것까지 생각하면 선인들의 섭생 지혜가 놀랍다.

요즘은 갖가지 맛의 오곡도시락이 생겨 간편하게 사 먹을 수 있는 세상이 됐다.

《삼국유사》에도 나오는 찰밥

겨울 맛 여행 1

추울수록 뜨거워지는 동해안의 속맛

겨울 진미는 첫눈과 함께 온다. 찬바람이 부는 이맘때면 식도락가들의 혀도 굼실댄다. 맛과 함께 떠나는 겨울 여행은 포구가 제격이다. 올해는 청어 과메기를 맛볼 수 있다니 먼저 포항 구룡포 쪽으로 방향을 잡는다.

과메기는 '청정한 동해와 차가운 하늬바람이 어우러져 만든 검푸른 보석'으로 불리는 겨울 별미. 그동안 청어가 잡히지 않아 꽁치를 주로 썼는데 최근엔 청어 어획이 늘어 다행이다.

과메기의 어원은 관목(貫目), 즉 말린 청어다. '동국여지승람'에 청어가 겨울철 영일만 하구에서 가장 먼저 잡힌다고 기록돼 있다. 이 지역에서 '관목'이 '관메기'로 불리다가 '관'의 받침이 없어지고 '과메기'가 됐다. 꽁치 과메기가 색깔이 짙고 쫄깃하다면 청어 과메기는 색이 좀 더 연하고 달짝지근한 감칠맛이 난다. 어느 것이 더 좋다고 잘라 말하기는 어렵지만, 미식가들은 본디 어종으로 만든 청어 과메기를 더 쳐준다. 그만큼 귀하기 때문이기도 하다.

과메기는 해풍에 꼬득꼬득 말리는 동안 얼었다 녹기를 반복한다. 그 사이에 고소한 맛이 더해지고 영양가도 높아진다. 그래서 예부터 뱃사람들의 보양식으로 불렸다. 겨울 햇김, 햇미역(물미역), 파, 마늘, 고추와 함께 궁합 맞춰 먹는 풍미가 일품이다. 요즘은 영일만 일대뿐만 아니라 서울과 수도권에서도 쉽게 즐길 수 있다.

이왕 동해안으로 길을 잡았으니 울진 후포항도 들러보자. 후포항의 겨울 별미는 대게탕과 물곰(물메기)탕이다. 대게는 찜으로 먹는 줄 아는 사람이 많지만 탕맛도 좋다. 바닷바람에 빨갛게 언 볼처럼 불그레한 국물이 얼큰하면서도 달큼하다. 이곳의 물곰 또한 겨울 진객이다. 남해안에서는 물메기라고 부르지만 이곳 사람들은 물곰이라고 부르는데, 부드러운 살점을 국물과 함께 들이켜면 해장으로도 그만이다.

속초 등 강원 동해안에서는 도루묵과 양미리가 한창이다. 도루묵은 잡아온 즉시 먹어야 제 맛이 난다. 수심 10m 안팎에서 잡히는 '알배기'가 으뜸이다. 맛을 좀 안다는 사람들은 도루묵 알의 쫄깃한 식감을 두고 저마다 '한 말씀'씩 보태며 더 즐거워한다. '살 반, 알 반'이라는 알배기 도루묵구이는 뜨거울 때 손으로 들고 후룩후룩 먹어야 제격이다.

술안주로 일품인 양미리도 별미다. 속초항에는 방금 잡은 양미리를 구워 먹는 포장마차가 즐비하다. 날씨가 추울수록 속맛이 뜨거워지는 게 겨울 맛 여행의 또 다른 묘미다.

겨울 맛 여행 2

통영·거제 생굴과 대구탕

통영 앞바다는 대부분 하얗다. 굴을 키우는 부표가 바다 위를 홑이불처럼 덮고 있다. 멍게용도 있지만 대부분은 굴 양식용이다. 양식이라고는 하나 엄밀하게 보면 그렇지 않다. 인공으로 부화시켜 사료를 사용하는 게 아니라 자연 굴의 유생을 조가비에 붙여 바다 생물로 키우기 때문이다. 어부들은 동트기 전에 나가 싱싱한 굴을 거둬 온다.

굴은 11월부터 3월까지가 한창 때다. 통영·거제·남해와 고흥·장흥, 서산·태안 등 남서해안 일대의 '굴 벨트'에서 두루 나지만 그중 통영이 최대 산지다. 바다에서 바로 건져온 굴을 까는 건 아낙네들 몫이다. 그들의 노동요는 촉촉하면서도 매끄럽다. 일본 소설가 무라카미 류가 《달콤한 악마가 내 안으로 들어왔다》에서 예찬한 '목으로 생굴이 미끄러져 들어갈 때의 그 감촉' 같다.

옛날 카사노바가 생굴을 하루에 50개씩 먹었다는 얘기는 새로울 것도 없다. 보통음식에 적게 들어 있는 아연과 셀레늄, 철분, 칼슘, 비타민 A·D가 많으니 영양 좋고 피부에도 좋다.

항구 주변이든 시내 한복판 어디든 통영에선 싱싱한 생굴 향이 겨우내 흘러넘친다. 통영 굴은 맛이 좋아 해외에서도 인기다. 세계 최대 굴 소비시장인 중국과 일본 수요가 늘어나 수출이 계속 증가하고 있다. 쓰나미 때문에 일본 굴 생산이 줄어든 뒤 우리 굴이 더욱 각광받고 있다고도 한다.

거제에서도 겨울 굴맛을 제대로 즐길 수 있다. 거제 내간리 해안 식당들의 굴구이와 굴튀김, 굴무침, 굴죽 등이 일품이다. 특히 널따란 철판 위에 생굴을 껍질째 올려놓고 구워 먹는 맛은 거제 별미 중 으뜸이다. 입 안에 고이는 즙과 쫄깃한 식감이 고소함을 더한다. 초고추장에 찍어 먹는 사람도 있지만 굴 자체의 간이 짭짤해서 그냥 먹는 게 더 맛있다.

거제 하면 떠오르는 제철 요리로 대구탕도 유명하다. 국내 최대 대구 집산지인 외포항의 '대구탕 거리'에 식당이 몰려 있다. 대구는 산란기인 12~2월에 알을 가득 품고 있어 맛이 제일 좋다. 뽀얀 국물에 구수하면서도 진한 맛. 소금으로 간을 해 깊고 그윽하다. 어획 감소로 생대구 값이 오르면 그게 아쉬워 더욱 군침이 돈다.

겨울 맛 여행 3

벌교 앞바다 진미의 향연

전남 보성 벌교 앞바다의 여자만(汝自灣). 바다 한가운데 떠 있는 섬 여자도(汝自島)에서 유래한 이름이다. 모래가 없고 차지며 물이 맑아 꼬막 산지로 최고의 입지조건을 갖춘 이곳에서 국내 꼬막의 70%가 나온다.

멀리서부터 널배(갯벌 위에서 타는 널빤지 배)를 타고 움직이는 어민들의 모습이 보인다. 살이 통통하면서도 쫄깃하고 간간하면서도 알큰한 맛까지 밴 꼬막 맛은 11~3월에 가장 좋다.

벌교역 부근에 시장과 먹자골목이 좍 펼쳐져 있다. 온갖 꼬막요리를 다 즐길 수 있지만, 그중 대표 메뉴는 꼬막정식이다. 통꼬막 데친 것과 꼬막 회 · 양념무침, 꼬막전 등이 한 상 가득 차려져 나온다. 꼬막탕수육까지 있다. 살짝 데친 새꼬막 살에 각종 채소와 양념을 넣고 버무린 무침, 여기에 참기름과 김가루를 섞어 숟가락으로 가득 떠먹는 맛이 일품이다. 쌀뜨물에 새꼬막을 넣고 한꺼번에 끓이는 꼬막된장국도 별미다.

영양도 좋다. 고단백 저지방의 알칼리식품으로 비타민, 필수아미노산이 균형 있게 들어 있고 흡수가 잘 된다. 간 기능을 좋게 하고 콜레스테롤을 막는 타우린, 동맥경화를 예방하는 베타인, 항산화와 노화 억제에 관여하는 셀레늄도 풍부하다.

꼬막 종류(참꼬막 · 새꼬막 · 피조개)는 몸집과 껍데기의 부채꼴 줄 숫자로 구분할 수 있다. 제일 비싼 참꼬막은 줄이 17개 정도로 적은데, 모양이 둥근 새색시 같다. 새꼬막은 줄이 32개 정도로 많다. 덩치가 큰 피조개는 42줄 안팎에 까만 털이 많아 뭉툭한 머슴을 닮았다.

참꼬막은 밀물 때 잠겼다 썰물 때 드러나는 간석지에서 자란다. 4년을 기다렸다 갯벌에 들어가 직접 캔다. 그것도 물때 맞춰 한 달에 열흘 정도밖에 작업을 하지 못하기 때문에 '신이 주신 생물'로 불린다. 수심이 더 깊은 곳에 사는 새꼬막은 2년 만에 대량으로 채취한다.

꼬막 요리의 비법은 데치는 데에 있다. 냄비에 거품이 오르면 금방 불을 꺼야 한다. 벌교에서 꼬막을 사간 사람들이 왜 그 맛이 안 나느냐고 묻는다면 십중팔구 데치는 노하우를 모르기 때문이다.

달착지근하면서도 쫄깃한 꼬막의 진짜 맛은 여자만의 황금빛 노을 아래에서 가장 빛나는 모양이다.

겨울 맛 여행 4

서해안 간재미와 참매자조림

서울과 가까워 나들이 겸 별미 여행지로 인기 있는 경기 화성 궁평항. 이곳은 전곡항과 더불어 화성을 대표하는 항구다. 수산물직판장에서 싱싱한 해산물을 구경하고 현장에서 맛도 볼 수 있다. 겨울철마다 굴, 대하, 조개구이 등이 풍성해 미식가들이 많이 찾는다.

하지만 이곳 토박이들은 간재미를 먼저 택한다고 한다. 간재미는 상어가오리나 노랑가오리를 일컫는 말. 겨울에 살이 두툼하고 뼈가 부드러워 오독오독 씹히는 맛이 특별히 좋다.

오래 두면 발효하는 홍어와 달리 간재미는 상온에 둬도 발효가 거의 일어나지 않는다. 그래서 대부분은 무침 등 생으로 먹는다. 껍질을 벗기고 길쭉하게 잘라 오이, 미나리 등을 넣고 고춧가루, 들기름으로 버무리는데 간재미 살을 식초에 주물러 새콤한 식감을 즐기기도 한다. 달고 시고 매운맛에 아삭한 채소와 쫄깃한 살맛이 어우러지면 입안에도 싱그러운 바다 내음이 가득 퍼진다.

충남 보령의 겨울 별미도 놓치기 아깝다. 천북 굴 단지의 굴구이와 굴찜, 대천항의 물잠뱅이탕이 유명하다. 오천항에서 간재미 맛까지 볼 수 있다. 천북 굴은 통영 굴보다 알이 좀 작은 편이지만 맛은 뒤지지 않는다. 12월부터 2월까지 이곳을 찾는 사람이 20여만 명이나 된다니 세 가지 맛을 한꺼번에 즐길 수 있기 때문이리라. 굴 단지 옆에 음식점이 100여 곳 있다.

대천항에 넘쳐나는 물잠뱅이도 장관이다. 물메기나 꼼치로도 불리는 물잠뱅이는 11~3월이 제철인 어종. 산란기인 이때가 가장 맛이 좋다. 신 김치를 넣고 끓여 먹는 물잠뱅이탕은 해장용으로도 으뜸이다. 인근 무창포해수욕장에서는 신비의 바닷길도 열린다. 성탄 연휴 전후로 바닷길을 체험하면서 노을을 배경 삼아 '미식삼매'에 빠지려는 겨울 여행객들이 자주 찾는다.

내친김에 남한강이 흐르는 충주까지 가도 괜찮다. 충주댐을 중심으로 민물고기 매운탕을 맛볼 수 있는 곳이 많다. 이 지역의 대표 메뉴는 참매자조림과 새뱅이탕이다. 참매자조림은 목계나루 인근에서 즐길 수 있다.

참매자는 잉어과 민물고기인 참마자의 충주 지역 토속어다. 무와 감자, 시래기를 깔고 양념장을 넣어 조린 맛이 그만이다. 원기를 돋우고 숙취해소에 좋다는 고단백 저칼로리 식품이어서 더욱 구미가 당긴다.

새우의 일종인 징거미와 보리새우를 이용한 새뱅이탕의 시원한 국물 맛까지 곁들이면 금상첨화다.

겨울 맛 여행 5

마산 아구찜과 남해 물메기탕

뚝배기보다 장맛이라고 했던가. 겉모양보다 속이 훌륭한 것으로 치자면 아귀와 물메기만한 것도 없다. 둘 다 못생긴 외모 때문에 오랫동안 '바다의 못난이'로 천대받았다. 그물에 걸려도 재수없다는 타박과 함께 내던져지기 일쑤였다. 그래서 '물텀벙' 별명까지 얻었다. 그런 녀석들이 귀한 몸으로 대접받게 된 것은 담백하면서도 속 깊은 맛 덕분이다.

아귀의 신분이 상승한 것은 불과 50여 년 전이다. 산파역은 마산 오동동 해장국집 할머니다. 인근 요정 골목의 주당들이 아침마다 속을 풀기 위해 이 집으로 몰렸다. 우연히 아귀의 참맛을 알게 된 이 집 할머니의 손길을 타고 아귀탕은 순식간에 유명해졌다. 말린 아귀에 된장, 고추장, 콩나물, 미나리를 섞어 쪄낸 아귀찜의 인기도 치솟았다.

이후 요정들이 사라진 자리를 아귀찜집이 채우면서 이곳은 '오동동 아구찜 골목'으로 이름이 바뀌었다. 200여 곳의 식당 중 그때의 '진짜 초가집 원조 아구찜'도 쉽게 찾을 수 있다. 허영만의 《식객》에 나온 바로 그곳이다. 이 집 조리법처럼 마산 아귀찜은 대부분 말린 아귀를 쓴다. 다른 지역의 생물보다 손이 더 가고 값도 조금 비싸다. 찬바람에 보름 이상 말린 아귀를 2~3일 물에 불리면 쫄깃한 맛이 살아난다. 여기에 된장과 고춧가루로 맛을 내는데, 그 집 된장 맛에 따라 풍미가 좌우된다.

아귀는 지방이 적고 단백질과 비타민이 많아 성장발육과 면역력 강화에 좋다. 인과 철분도 풍부하다. 타우린은 간과 심장 기능을 강화해준다. 껍질 속의 콜라겐은 피부를 매끄럽게 한다. 이런 아귀를 사철 먹을 수 있게 됐지만 12월부터 2월까지가 제철이다.

물메기 맛 또한 이즈음이 최고다. 아귀처럼 저지방 고단백 식품으로 필수 아미노산 등 영양분까지 듬뿍 들어 있다. 숙취 해소와 감기 예방, 피부 미용에 그만이다. 껍질과 뼈 사이의 교질은 퇴행성 관절염을 예방해 준다. 겨울철 남해안에서 많이 잡히는데 동해안에서는 곰치, 서해안에서는 물잠뱅이로도 불린다.

이 중 남해의 물메기탕과 찜이 으뜸으로 꼽힌다. 갓 잡은 물메기로 끓인 탕은 연한 살이 퍼져 국물처럼 후루룩 마셔도 된다. 해풍에 말렸다 푹 쪄낸 물메기찜도 남해 진미다. 한 해의 마지막 날과 새해 첫날 상주은모래비치에서 '상주 해맞이 & 물메기 축제'도 열린다. 연인 · 가족과 함께라면 겨울 맛 여행이 더없이 즐겁겠다.

해풍에 말린 물메기찜도 남해 별미